이수태. 나는 이 시대 최고의 인문주의자를 만났다. 지식이 그냥
지식으로 남은 사람이라면 그건 차라리 쉽다. 지식을 지우고 나
면 초라한 본연의 모습일 보이기 때문이다. 그런데 체관을 타고
영양분이 나무에 고루고루 퍼지듯, 그에게 지식은 전신에 스며
들어 지울 지식이 보이지 않는다.
　_김종완(격월간 에세이스트 대표)

부유(浮遊)하는 정신의 가난함이 빚어낸 유치한 사회, 반성과 참
회라는 코드는 아예 유전자에 없는 듯 사유를 거부하는 어른들
이 많은 사회, 그러나 세상이 아무리 엉망진창이라고 해도 한국
땅에는 순수한 영혼을 향한 지향을 일상에 잊지 않고 사는 많은
이수태 씨들이 있기에 아직 살만하지 않은가.
　_허문명(동아일보 기자)

나의 초라한 반자본주의

사무사책방의 책은 실로 꿰매어 만드는 사철 방식으로 제본했습니다.
오랫동안 곁에 두어도 손상되지 않습니다.

나의 초라한 반자본주의

이수태

사무사책방
Flaneur

마치 하늘이 무엇 하나 덮어주지 않음이 없듯이
마치 땅이 무엇 하나 실어주지 않음이 없듯이

如天之無不幬
如地之無不載

계찰(季札)

2부 상처는 세상을 내다보는 창이다

3부 『논어』와 나

1부
희미한 옛사랑의 그림자

빈센트 반 고흐, 〈수로〉, 1875년

전태일과 김윤동

전태일, 그는 1970년 11월 청계천 평화시장 앞 거리에서 근로기준법을 준수하라고 외치며 스스로의 몸에 석유를 붓고 분신해 당시의 척박한 노동 현실에 경종을 울렸다. 그 사건은 우리나라 노동운동의 사실상 기점이 되었고, 이후 전태일이라는 이름은 소외된 노동자들의 고통과 진실을 대변하는 영원한 상징이 되었다.

그는 나보다 세 살 위였다. 그가 스스로의 몸을 불태웠을 당시 나는 대학에 떨어져 재수를 하고 있었다. 분신 사건이 있던 11월에도 나는 아마 한두 번은 그곳 청계천의 헌책방을 찾아 헌책을 기웃거렸을 것이다. 물론 그 길 모퉁이에서 어느 이름 없는 재단사가 비극적으로 죽어갔다는 사실은 전혀 모른 채, 어쩌면 그가 불타 쓰러졌던 자리 위를 무심코 걸어갔을지도 모를 일이다.

그의 죽음을 안 것은 아주 오랜 시간 후, 어쩌면 10년도 더 세월이 지난 후였을 것이다. 그가 남긴 일기와 편지 글, 탄원서, 메모 쪽지 등을 읽으며 나는 감동과 수치에 몸을 떨었다. 그의 글을 읽고 그가 죽음에 이르기까지 걸은 행적을 재구성해본 사람이라면 누군들 그러지 않겠는가! 그는 자신의 죽음을 자신의 삶 속에 고통스럽게 그러나 너무나도 명확히 편성해 넣었던 것이다.

이 결단을 두고 얼마나 오랜 시간을 망설이고 괴로워했던가? 지금 이 시각 완전에 가까운 결단을 내렸다.
나는 돌아가야 한다. 꼭 돌아가야 한다. 불쌍한 내 형제의 곁으로, 내 마음의 고향으로,
내 이상의 전부인 평화시장의 어린 동심 곁으로.
나를 버리고, 나를 죽이고 가마. 조금만 참고 견디어라.
너희들의 곁을 떠나지 않기 위하여 약한 나를 다 바치마.
너희들은 내 마음의 고향이로다.

상상력의 비약인지는 모르겠지만 나는 죽음을 향해 감연히 나아가는 그의 마지막 행적에서 2,000년 전 저 예루살렘에서 있었던 한 사나이의 마지막 행적을 읽곤 했다. 완전히 같은 차원은 아닐는지 몰라도 또 어느 누구도 완전히 다른 차원이라고 단언할 수 없는 것이 거기에 있다고 나는 지금도 생각하고 있다.

나의 초라한 반자본주의

김윤동, 그는 유명인이 아니다. 그냥 오늘날을 사는 평범한 한 시민이다. 더 구체적으로 말하자면 나의 이종사촌 형이다. 나보다는 대략 열 살 정도 위로 청계천에서 장사를 하며 평생을 살았다.

　옛날 청계천 헌책방에 책을 사러 갈 때, 나는 으레 형님의 가게에 들러 잠시 이야기를 나누곤 했다. 가게는 겨우 서너 평 정도밖에 안 되어 내게 앉을 자리를 권하기 위해서는 형님과 형수님 두 분 중 한 분은 일어서야 했다. 츄리닝 같은 것을 팔기도 하고 잠바 같은 것을 팔기도 했는데, 품목은 자주 바뀌었지만 대체로 영세한 공장에서 만들어진 값싼 의류였다. 가게는 늘 매캐한 포르말린 냄새에 절어 있었다. 아침에는 지방에서 올라오는 소매상들을 상대하느라 캄캄한 꼭두새벽에 문을 열어야 했다. 험하고 고생은 되었지만 경기가 좋으면 고생한 만큼 돈을 벌기도 하는 것이 청계천의 장사였다.

　언젠가도 헌책을 사러 갔다가 가게에 들러 윤동이 형과 무슨 이야기를 나누는 중에 어쩌다 화제가 전태일에 미치게 되었다. 그때 윤동이 형이 갑자기 정색하더니 "전태일이 그놈, 여기 청계천 바닥에서 장사하는 사람치고 그놈 욕 안 하는 사람이 없어" 하며 뜻밖에 전태일을 비난하기 시작했다. 세월이 오래되어 그 내용을 다 기억할 수는 없다. 대충 요지는 전태일이 무슨 대단한 노동투사처럼 떠받들어지는 것은 가당치 않다는 것이었다. 그는 가뜩이나 어려운 청계천 바닥을 더 어렵게 만들었을 뿐 아니라 거기서 장사하는 사람들을 모두 노동자들 피나 빨아먹는 악덕업자로 만들었다는 취지였다.

그날 우연히 전태일에 대해 이야기를 나눈 것은 이후 내게 풀리지 않는 화두로 남게 되었다. 전태일의 글과 행적이 나의 마음에 지울 수 없는 파문을 형성했다면 윤동이 형의 말은 그 옆에 또 하나의 파문을 그려준 것이다. 두 파문은 번지면서 서로 겹쳐지고 서로 방해가 되었다. 왜냐하면 전태일 못지않게 윤동이 형도 나의 세상 체험 중 어떤 특정 영역에 걸쳐서 깊은 영향을 미치고 있었기 때문이다.

윤동이 형을 처음 만난 것은 내가 중학교 3학년 때였다. 서울에 수학여행을 가게 되었을 때 어머니는 서울에 가면 네가 한 번도 보지 못한 이모가 있으며 시간이 되면 만나 인사를 드리라고 했다. 그래서 만나게 된 이모와 이종형은 당시 동대문 바로 옆의 좁은 골목 안에서 조그만 의류 가게를 하고 있었다. 아직 종로5가로 옮기기 전이었다. 콧구멍만 한 가게 안쪽에 방 한 칸이 달려 있었고 그 단칸방에 이모와 형님 내외, 어린 두 딸이 같이 살고 있었다. 밤에 잘 때 이모는 그 방에서 가게 천장 위로 공간을 내어 억지로 튼 다락 위에서 주무셨다.

나는 주름살만 조금 더 많다 뿐 어머니와 똑같이 생긴 분이 이 세상에 또 한 분이 있다는 것을 신기해할 겨를도 없이 이모님이 좁고 캄캄한 다락에서 주무신다는 것이 충격이었다. 그러나 그런 생활도 이모네가 천신만고 끝에 그나마 궁둥이라도 붙일 터전을 마련한 결과라는 것을 안 것은 좀 더 지나서였다.

이모는 일제의 수탈이 한창이던 때, 결혼한 남편을 따라 만주로 떠났다. 국내에 남아 굶어 죽는 것보다는 불확실하지만 미래를 찾아 떠나는 것이 그나마 희망이던 시절이었다. 그러나 만주에 도착해 첫아들을 낳고 남편은 병으로 죽고 말았다. 이역만리 타방에서 혈혈단신 여자가 젖먹이 하나를 키우며 어떻게 살았는지는 나도 모른다. 어머니의 말씀에 의하면 이모는 한때 아편 장사도 했다고 한다. 만주가 온통 아편에 절어 아편이 담배보다 흔하던 때였다. 그리고 어떻게 다시 국경을 넘어 서울로 오게 되었는지 서울에 와서 무엇으로 호구지책을 삼았는지 역시 모른다. 어쩌면 알 필요도 없을 것이다. 어차피 그때 민족 대다수의 삶은 삶과 죽음의 경계선을 따라 다들 속수무책으로 떠밀려 가고 있었으니까.

윤동이 형은 간신히 초등학교를 마쳤지만, 중학교에 진학할 수 없었다. 형은 그것을 두고두고 한스러워했다. 공부라도 못했으면 몰라도 6학년 때 반에서 늘 1, 2등을 다투었다니 가난이 왜 원망스럽지 않았겠는가! 대략 열서너 살이었을 텐데 중학교에 가지 못한 윤동이 형은 그때 무엇을 했을까? 나는 물어보지 못했고 형도 말해준 적이 없다. 어쩌면 어린 윤동 군도 전태일 군과 마찬가지로 청계천 바닥에서 시다로 미싱보조로 환기조차 제대로 되지 않는 다락방 공장에서 휴일도 없이 일했을지 모른다.

내게는 전태일이나 김윤동이나 다 같이 내 의식에 박혀 나를 자극하고 부끄럽게 하는 가시였다. 그런데 왜 사람 좋은 윤동이 형은 전태일을 그렇게 미워할까? 오랫동안 그것은 혼란스러운 대로 방치되어 있었다. 전태일의 죽음이 있던 1970년, 형님은 30대 초반의 나이로 늙은 어머니와 처 그리고 세 명 정도로 불어난 아이들을 포함해 6인 가정의 생계를 꾸려가야 하는 젊은 가장이었을 것이다. 그는 한 방에 여섯 명이 사는 악몽과도 같은 현실에서 벗어나기 위해 어쩌면 자신도 다락방 공장을 경영하며 어린 소년 소녀들을 가혹하게 부렸는지도 모른다.

전태일과 김윤동. 나는 이제 그들의 관계를 더 이상 정리하지 않으려 한다. 한 사람은 죽어 어언 40년이 지났고 한 사람은 살아 일흔이 넘은 노인이 되었다. 물론 한 사람은 그 죽음을 통해 무수한 사람에게 잊을 수 없는 울림을 남겼다. 조영래, 문익환 같은 굵직한 정신들이 그 울림 속에서 태어났고 돈으로 뒤범벅된 이 세상을 그래도 완전히 썩어 문드러지지 않게 하는 데 그가 보내는 울림은 지금도 소금 알갱이처럼 박혀 반짝이고 있다.

윤동이 형은 결코 그렇지는 못했다. 교통사고로 돌아가시기는 했지만, 만년의 이모가 번듯한 옥양목 치마저고

나의 초라한 반자본주의

리를 입고 서러운 초년고생의 한을 다소라도 푸는 데 기여했을 뿐이다. 아랫도리를 발가벗은 채로 동대문 옆 더러운 골목길 진창을 맨발로 아장거리던 어린 계집아이들도 자라 그중 한 녀석은 인기 있는 방송 작가가 되었다. 그 역시 이모의 경우와 마찬가지로 육친에 미친 윤동이 형의 작은 울림의 결과일 것이다.

그 점에서 전태일과 김윤동은 분명히 다르다. 그것을 부인하는 것은 부질없는 일일 것이다. 그러나 같은 시대, 고만고만한 분위기 속에서 평화시장의 서럽고 배고프고 비인간적인 환경 속에서 소외된 삶을 살았다는 이 동질성은 여전히 남는다. 언젠가부터 나는 그 동질성이 그들의 서로 다름을 훼손하지 않으면서도 모든 것이 나의 풀리지 않는 화두를 포함하여 점점 하나로 휘덮어가는 것을 느낀다.

줌아웃Zoom out, 어쩌면 그렇게 설명하는 것이 바뀌어가는 나의 인식에 가장 유사할 것 같다. 그리고 왜 많은 영화감독이 그들 영화의 가슴 저미는 마지막 장면을 구태여 줌아웃으로 처리하는지 이해가 될 듯도 하다. 화면 속 수많은 정경이 하나의 소실점을 향해 까마득히 멀어지면서 이제 전태일과 김윤동은 하나의 점처럼 보인다. 흑백으로 낡아가는 1970년대와 함께. 이제 아무도 주목해주지 않는 그 시대의 설움과 함께.

희미한 옛사랑의 그림자

　장기체납금 해소를 위한 출장독려를 전 직원에게 지시해 놓고 나는 우선 나부터 관할구역 내에서 가장 못사는 동네를 선정했다. 관내 실정을 둘러본다는 부수적인 목적도 있었다. 징수담당 직원이 뽑아준 자료를 들고 오후 늦은 시간에 버스를 타고 찾아간 동네에는 비가 약하게 뿌리고 있었다. 간선도로변은 그런대로 상가 건물이 수도권 외곽의 체면을 차리고 있었으나, 한 발짝 안으로 들어갔더니 땟국이 조르르한 동네의 초라한 모습이 이 지역의 애환을 말해주고 있었다. 한 손에는 우산을 들고 한 손에는 서류봉투를 끼고 지적도를 펼쳐 가며 집을 찾는 일은 그렇게 용이한 것만은 아니었다. 처음 찾아간 곳은 연립주택이었다. 낙서와 스티커로 얼룩진 벽면이며 유리가 다 깨어져 나간 현관 출입문, 어지럽게 흩어져 있는 우편물들이 이런 곳의 공통된 표정이었다. 만나려고 한 사람은 살고 있지 않았다. 주민등록만 되어 있을 뿐 어디론

　　　　　　　　나의 초라한 반자본주의

가 떠돌고 있는 것 같다는 말만 들었다.

두 번째로 찾아간 집은 단독주택이었다. 대문은 부서져 나간 지 오래되었고 엉성한 벽돌담에 호박덩굴이 무성했다. 한참 문을 두드리고 불렀더니 30대 중반쯤 되어 보이는 여자가 푸스스한 낯빛으로 문을 열고 나왔다. 나는 J라는 사람이 사는지 물었다.

"글쎄요. 세 든 집이 여러 집이고 이름들은 잘 몰라서⋯⋯."

세입자들은 대부분 반지하에 방 한 칸씩을 얻어 살고 있었다. 나는 가지고 온 자료를 통해 가족 사항과 연령 등을 말해주었다. 여자는 갸우뚱하더니 뒤안 쪽 지하층에 사는 가족이 있는데, 그 집 같다는 것이었다. 그리고 지금은 아무도 없을 것 같은데 한번 가보시라고 했다.

나는 담을 따라 좁은 뒤안의 맨 끝에 있다는 방을 찾아갔다. 연탄가루에 절은 계단 아래 반지하의 출입문은 굳게 잠겨 있었다. 유리문 안은 검은 어둠으로 괴괴했다. 두어 번 문을 두드려보았지만 응답이 없었다. 문밖에는 녹슨 프로판 가스통이 놓여 있고, 그 주변에는 떨어진 신발 등 잡동사니가 누추하게 쌓여 있었다.

나는 다시 돌아와 한 번 더 그 여자를 만났다. 장기체납 세대의 생활 실태를 조사하기 위해서였다. 이번 호별

방문은 체납금 납부 독려의 의미도 있지만, 부담능력 부족 세대를 조사해 오래된 체납금의 일부를 결손처리하는 것도 포함되어 있었다. 직업이 무엇인지, 어떻게 사는지 꼬치꼬치 묻자 여자는 난감한 표정을 지었다. 취지를 설명해서 약간 긴장을 풀어주자 여자는 그제야 말문을 열었다.

"술집에 나간다는 것밖에는 몰라요. 딸아이하고 조카인 것 같은 여자아이, 둘을 데리고 사는데 좀처럼 얼굴을 보지 못해요."

살기가 어려워 보이느냐고 나는 마지막 질문을 던졌다. 내가 생각해도 요령부득의 질문이었다.

"집세가 밀렸으니 아무래도 그렇다고 봐야겠지요."

너덧 세대를 더 돌고 났을 때는 이미 날이 저물고 있었다. 모두 영락한 삶을 사는 세대들이었다. 기분이 묘했다. 처연하다는 느낌과 흔연하다는 느낌이 동시에 들었다. 처연한 느낌은 당연하다 하더라도 왜 흔연한 느낌이 드는지는 스스로도 언뜻 이해되지 않았다. 한참 자신의 느낌을 반추한 후에야 나는 그 흔연함이 온갖 잉여에서 발생하는 저 느끼한 군더더기와 가식이 배제된, 삶의 원초적 모습에서 오는 것임을 어렴풋이 짐작하게 되었다.

나의 초라한 반자본주의

돌아가는 버스 안에서 나는 그 단독주택의 괴괴한 어둠 속에 사는 가족을 생각해보았다.

혹시나……. 같은 이름의 J라는 아이가 있었다. 그때 그 아이의 나이가 몇 살이었는지는 모르겠다. 중학교 3학년이었지만 대개 아이들은 제 또래 아이들보다 한두 살, 많게는 너덧 살씩 더 많았다. 정규 중학교를 진학하지 못한 아이들이 모이는 야간 직업학교였다. 졸업장도 주어지고 졸업식도 했지만, 학력은 인정받지 못했기 때문에 고등학교에 진학하려면 검정고시를 쳐야 했다.

그 학교에서 아이들을 가르치기 시작했을 때 나는 스물두 살의 철없는 대학생이었다. J라는 학생이 내 눈에 뜨인 것은 우선 그 외모 때문이었던 것은 사실이다. 주로 공장에 다니거나 신문팔이 등으로 부모가 챙겨주지 못하는 몫을 스스로 행하던 초췌한 아이들 가운데에서 그 아이의 첫 모습은 전혀 가난한 집 아이 같지 않았다. 옷매무새나 얼굴, 눈빛 그 어디에도 가난이 엿보이지 않았다. 그것이 묘한 느낌을 주었다.

한 번은 백일장을 연 적이 있었다. 나는 국어를 가르쳤기 때문에 아이들의 작품을 심사했다. 그 아이가 쓴 글은 그 또래의 아이들이 흔히 그리기 쉬운 자신의 장밋빛 미래에 관한 것이었다. 자신의 방을 장차 어떤 빛깔로 하고 정원은 어떻게 가꾸며 베란다에는 어떤 화초를 키우고

등등의 것이었다고 기억된다. 말하자면 유치한 것이었다. 그러나 아이의 가난이 그것을 유치하게만 볼 수 없게 했다. 중학교 학비가 얼마라고 그것마저 마련할 길이 없는 가정의 아이에게 있어서 그 꿈은 유치한 꿈이 아니라 한스럽고 간절한 꿈일지도 모른다고 나는 생각했다. 나는 그 아이의 작품에 2등 상을 주었다.

여름 방학 때는 학교신문을 만드는 일에 동원되었다. 그러면서 아이가 조금씩 나를 좋아하고 있다는 것을 눈치채게 되었다. 나의 표정과 말 한마디 한마디에 아이는 민감한 반응을 보이고 있었다. 그 때문에 나는 의식적으로 거리를 두고 대했다. 나는 학교에서 가까운 곳에서 친구들과 자취를 했기 때문에 한두 번 그 아이가 친구들과 놀러 오던 것이 기억난다.

아이는 졸업을 했고 다행히 어떤 야간고등학교에 입학했다. 나도 신촌으로 하숙을 옮긴 사정 때문에 약 2년간 해오던 직업학교 일을 그만두게 되었다. 그 후 어떤 경로로 나는 그 아이를 만나 영화를 함께 보게 되었다. 거리를 두던 나로서는 선뜻 할 수 없는 일이었지만 학교에 다니던 때에 농담처럼 한 번 던졌던 약속을 이행하지 않을 수 없는 상황이 되었던 것이다. 대한극장에서 상영하는 〈남태평양〉을 보고 우리는 어색하게 충무로를 걸어가고 있었다. 문득 아이가 보도블록에 눈길을 박은 채 질문을 했다.

"선생님은…… 고생을 해보신 적이 없지요?"

그것은 질문이라기보다 고백에 가까웠고 어쩌면 시위 같은 것이기도 했다. 그런데 나로서는 아픈 질문이었다. 아버지가 고생하신 덕분에 정작 나는 고생을 모르고 자랐다. 아무래도 그런 면모가 아이의 생래적인 육감 앞에서 감추어지지 못했을 것이다. 아마 나는 몇 가지 반문으로 그 질문에 대한 답변을 회피했을 것이다. 그날에야 나는 아이로부터 형광등을 만드는 공장에 다닌다는 것, 6남매인가 7남매 중의 맏딸이라는 이야기를 들을 수 있었다. 얌전하고 차분해 보이는 외모와는 달리 아이는 대단히 직정적直情的이고 서슴없는 데가 있었다.

그 후 몇 차례 전화가 왔다. 그리고 추석을 앞둔 어느 날 아이는 "시골에 내려가지 않고 혼자 계시면 심심하실 텐데 하숙집에 놀러 가겠다"고 거의 일방적으로 연락을 취해왔다. 만류했지만 소용이 없었다. 학교 바로 뒤에 하숙을 했기 때문에 나는 학교 캠퍼스에서 만나기로 하였다.

명절을 맞아 더 넓고 조용해진 캠퍼스는 가을로 가득 차 있었다. 멀리 눈부신 추색 사이로 아이의 모습이 다가오고 있었다. 한복으로 성장盛裝을 하고 사랑스러운 웃음을 띤 아이는 완연한 여인의 모습이었다. 아마 아이는 그렇게 보이고 싶었을 것이다.

캠퍼스 뒤편의 야트막한 등성이 사이로 난 오솔길을

따라 우리는 함께 하숙집으로 향했다. 어색한 침묵 그리고 어울리지 않는 질문과 대답이 단속적斷續的으로 이어졌다.

하숙집에 도착하자 아이는 정성 들여 포장한 청주 한 병을 추석 선물이라며 내놓았다. 그리고 이런저런, 지금은 기억나지 않는 이야기들을 나누었다. 함께 기거하는 룸메이트 녀석이 빙글거리는 웃음을 띠고 실없는 농담을 하다가 아이에게 일침을 맞던 기억도 난다.

아이가 돌아가고 얼마 후 편지가 왔다. 감정을 숨기지 않은, 그리고 자신의 희망을 분명히 밝힌 편지였다. 예상을 못 했던 것이 아니면서도 나는 당황했다. 그리고 며칠 고민을 하다가 답장을 보냈다. 내용은 구체적으로 기억나지 않는다. 다만 그럴 수 없다는 내 입장을 분명히 밝힌 편지였다. 나는 스물넷에 지나지 않았고 그 아이가 원하는 관계를 받아들일 어떠한 마음의 준비도 없었다. 얼마 후 나는 군에 입대하였다.

출근하자마자 나는 전날 방문했던 세대의 대부분에 대해 결손처분조서를 작성하였다. 조사결과를 비교적 상세하게 전산입력하면서 나는 다시 한 번 그 단독주택 지하층의 검은 유리문 안에 살고 있다는 J라는 여자를 생각해보았다. 아주 귀한 이름도 아니기 때문에 그 여자가 그 옛날의 J일 가능성은 거의 없었지만, 나는 어쩌면 그 여자가 정말로 그때의 J일 수도 있다는 느낌이 자꾸 들었다.

아니 실제 그 아이라는 가정을 바탕으로 상상력이 제멋대로 뻗어 나갔다. 결혼해서 아이를 낳고 마음이 맞지 않는 남편과는 결국 이혼하고 영락한 삶을 수도권 외곽의 한 싸구려 단독주택의, 뒤안을 한참 돌아가는 지하층의 음습한 어둠에 맡긴 그 아이. 이젠 더 이상 아이가 아닐 그 아이의 막막한 삶을 내가 우연히 마주치게 되는 가정을 나는 왜 자꾸만 해보게 되는 걸까?

몇 주가 지났다. 어느 날, 창구담당 여직원이 마침 사무실 라운딩을 하던 나에게 다가왔다.

"저 이분 체납금에 대해 직접 결손처분 의견을 올리셨데요?"

한 민원인이 체납금을 납부하러 왔는데 전산확인 과정에서 내가 올린 결손처분 의견을 본 모양이었다. 받아든 독촉장에는 J라는 이름이 인자되어 있었다. 규정상 결손처분 의견을 올린 것만으로는 자진하여 가지고 온 체납금을 받지 않을 수 없었다. 나는 받을 수밖에 없다고 이야기했다.

"그냥 결손처분으로 가면 안 되나요?"

여직원의 눈에서 동정의 빛을 엿볼 수 있었다. 술집에

나가고 집세도 밀렸다는 기록이 이 마음씨 고운 여직원의 심금을 건드렸을 것이다. 그래도 어쩔 수 없었다. 안타깝다는 표정을 지어 보이며 돌아간 여직원이 당사자에게 뭐라고 설명을 하는 사이에 나는 늘어진 대추야자 사이로 그 여자를 훔쳐보았다. 생각보다는 젊어 보였다. 물론 J는 아니었다. 술집에서 술을 따르는 모습을 상상하기는 조금 어려운, 평범하고 가냘픈 체구였다. 그 검은 유리문 틈서리에 내가 꽂아두고 온 방문통지서가 그녀를 압박했음이 틀림없었다. 미안한 마음이 들었다. 그러나 환한 빛살 가운데에서 보는 그녀의 모습은 내가 그 괴괴한 어둠에서 받았던 처연한 느낌을 상당 부분 상쇄하고 있었다. 그녀가 돌아가고 나도 내 방에 돌아와 앉았다. 창밖 멀리, 장마 예감이 깃든 하늘 아래 성주산의 녹음이 우거질 때로 우거져 있었다.

이제 더 이상 그 검은 유리문의 괴괴하던 어둠 속에서 그 아이를 연상할 필요는 없었다. 대신 모든 것이 다시 구체성을 잃고 떠돌게 되었다. 그 아이는 어떻게 되었을까? 그 지긋지긋한 가난을 떨칠 수 있었을까? 아니면 아이를 낳고 마음이 맞지 않는 무능한 남편과도 이혼하고 내가 모르는 또 어떤 어둠 속에서 영락의 삶을 살고 있을까? 그 아이가 그렸던 장밋빛 꿈, 그림 같은 정원과 피튜니아가 놓인 단아한 베란다의 삶은 그녀의 현실이 되었을까? 아니면 이루지 못한 꿈으로 남았을까? 혹 그 꿈마저 사그러들어 잿빛의 침묵이 되고 말았을까?

"선생님은…… 고생을 해보신 적이 없지요?"

어느 낯선 곳에서 이제 더 이상 아이가 아닌 그 아이가 아직도 그 말의 한스러운 여운 속에 잠겨 있지는 않을까? 저는 고생을 했어요. 이 어린 나이에 저는 고생을 하고 있어요. 그리고 어쩌면 앞으로도 거기에서 벗어나지 못할지도 몰라요. 선생님은 고생을 해보신 적이 없지요? 저와는 다른 세상에서 살고 계시지요? 그래서 그런 단호한 답장을 보내셨지요?

굳게 잠긴 유리문과 그 유리문 안의 괴괴하던 어둠은 이제 그 모습 그대로 하나의 거대한 추상이 되고 말았다. J의 그 초롱초롱하던 눈빛과 성장을 하고 여인의 모습으로 환하게 다가오던 그 가을날의 모습과 흐릿한 불빛 아래 전기부품을 꿰맞추던 어린 손놀림과 혹은 붉은 잔을 엎지르고 쓰러질 듯 비틀거리는 모습, 그리고 그런 모든 것을 향한 나의 온갖 기억과 상상까지 하나의 소용돌이로 휩쓸어 가는 거대한 블랙홀처럼.

Pierre Gardin?

그날따라 사무실은 비교적 조용했고 특별히 바쁜 일도 없었다. 내 자리는 사무실 한쪽 끝 창가여서 머리만 들면 사무실 전체가 한눈에 다 들어오는 곳이었는데 40여 명이 조용히 고개를 숙이고 일하는 모습이 한적하다 못해 좀 권태롭게 느껴졌다. 늦은 오후의 이 정경을 응시하는 다소 피곤한 시야 속에 한 여자아이가 열린 출입문을 통해 조용히 들어오는 모습이 잡혔다. 스무 살이 채 되어 보이지 않는, 별 특징이 없어 보이는 아이였다. 그 아이는 어떤 직원과 잠시 대화를 나누다 다시 조금 안쪽으로 들어와 약간 머뭇거리다가 또 다른 직원에게 무언가 말을 걸었다. 처음에는 무엇 때문에 온 건가 했지만 이 자리 저 자리를 찾아다니는 품이 무슨 물건을 팔러 다니는 것이 분명했다. 이윽고 아이가 내 자리로 왔다.

"아르바이트하는 학생인데요……."

나의 초라한 반자본주의

대학생 같지는 않았고 고등학교 2학년이나 3학년쯤 되어 보였다. 무언가를 팔러 다니는 사람은 아이든, 어른이든 일단 부담스럽다. 지하철에서 무릎에 껌이나 글을 올려놓는 아이들, 혹은 하모니카를 불며 지나가는 장님, 돈광주리를 밀며 기어 다니는 하반신 없는 사람, 이 모든 사람이 부담스럽듯이. 물론 다 부담스러운 것은 아니다. 무엇을 팔러 다니더라도 007가방에 야릇한 물건을 잔뜩 넣고 다니는 아저씨나 복사판 시디를 염가에 파는 아주머니에 대해서는 별로 그런 느낌을 갖지 않는 것을 보면 거기에도 어떤 기준이 있는 것 같다. 그러나 어쨌든 그 부담감은 우리가 일상생활에서 그런 사람들에 대한 관심을 결여하고 있고, 평소 그들을 우리 삶의 영역에서 배제했기 때문에 야기되는 것이라 여겨진다.

아이가 내 책상 위에 올려놓은 것은 양말이었다. 아이의 어린 나이가 내 마음속에 깃든 예의 그 부담감을 자극하고 있었다. 양말의 상표가 눈에 띄었다.

"삐에르 가르뎅?"

이렇게 팔러 다니는 물건치고는 너무 유명 브랜드라는 느낌이 들었다.

"이거 진짜냐?"

하필 이런 말이! 마음속에 있는 저 부담감이 나의 혀를 보이지 않게 왜곡시켰던 모양이다.

" …… 저는 잘 몰라요."

아이는 의외로 무덤덤한 반응을 보였다. 이 무덤덤함이 또 무슨 보이지 않는 작용을 했을까? 이를테면 나의 그런 태도가 무근거한 것이 아님을 확인시키기라도 해야 한다는 강박적 느낌을 갖게 했을지도 모른다.

"Pierre Cardin? 삐에르 가르뎅이라고 할 때는 G를 쓰지……. C를 쓰나?"

나는 반문을 하며 아이의 얼굴을 올려다보았다. 아이는 여전히 무표정했다. 그리고 역시 자기는 모른다는 뜻으로 고개를 가볍게 흔들어 보였다. 아이의 그 무표정이 결국 나를 이기고 있었다.

"얼마냐?"
"……만 원이에요."

세 켤레에 만 원이면 백화점 가격에 비해서야 싸지만 이렇게 팔러 다니는 것으로서는 결코 싼 편이 아니었다. 그러나 가격을 논할 단계는 아니었다. 아이에게 진짜냐고 물었을 때부터 나는 내 말의 위태로운 구도를 돈으로라도 보정하지 않으면 안 될 입장이었다.

　지갑에서 만 원을 꺼내주자 아이는 가벼이 머리를 숙여 인사를 하고 떠났다.

　아이가 떠나고도 마음의 찌꺼기가 가라앉지 않았다. 왜 쓸데없이 그런 얘기를 했던고? Gardin을 확인해보려고 사전을 찾은 것은 역시 나의 행동을 절반만큼이라도 정당화하고 싶은 심리에서였을 것이다. 솔직히 Cardin이 맞을 것이라고는 기대하지 않았다. 오히려 되먹지 못한 상혼이 철자 하나를 바꿔치기하여 순진한 아이를 시켜 돈을 벌고 있다는 오늘의 저 막된 세태를 재확인할 수 있는 기회라는 기대가 있었다. 그래서 아이에게는 야박한 것이었지만 나의 말에 어떤 도덕적 불가피성 정도는 인정될 줄 알았다.

　그런데 제기랄. Cardin이 맞았다. 명약관화해 보였던 나의 Gardin은 단지 내 형편없는 무식의 소치였음이 확인되었다. 순간 나의 무식 위에 아이에 대한 나의 되지도 않은 의심이 가중되어 오후를 더 후덥지근하게 만들고 있었다. 그제야 양말을 자세히 보니 "이 제품은 프랑스 Pierre Cardin과 상표제휴에 의해 ○○○○에서 생산된 제품입니다" 하는 문구가 조그맣게 적혀 있었다.

　이미 사무실에서 아이의 모습은 보이지 않았다. 나는 소변을 보러 가는 길에 복도를 휘 둘러보았지만, 아이는 역시 눈에 띄지 않았다. 일부러 화장실의 반대편 출입문으로 나와 건너편 복도로 돌아오며 열린 문 사이로 다른 방을 힐끔거려보았지만 역시 아이는 어디로 갔는지 보이지 않았다. 다른 층으로 가볼 엄두는 나지 않았기 때문에 나는 내 자리로 돌아올 수밖에 없었다. 다소 참담한 느낌이 들었다.

아주 오래전, 복잡한 종로에서 어떤 파파 할머니가 내 소맷자락을 잡고 어디로 가려면 어떤 버스를 타야 하느냐고 물은 적이 있었다. 나는 버스 노선도를 면밀히 확인한 다음 몇 번 버스를 타시라고 친절히 안내를 해드렸다. 그리고 내 갈 길을 갔다. 그런데 한참 길을 가다가 생각해보니 그 버스는 그곳에서 탈 것이 아니라 길 건너편 정류장에서 타야 한다는 것을 깨달았다. 나는 황급히 버스 정류장으로 뛰어가 사람들 틈을 헤집고 할머니를 찾았지만, 할머니는 이미 보이지 않았다. 그때만큼 황당하지는 않았지만 그때와 비슷한 감정이 몰려왔다.

다시 만나지 못한 할머니와 다시 만나지 못한 아이가 그날 이후 내 마음에 묘한 기포처럼 자리 잡았다. 세 켤레의 양말 중 두 켤레를 그 사이에 꺼내어 썼다. 내가 사용하는 양말 중에서 가장 마음에 든다. 섬유의 두께도 알맞게 얇고 신축성도 좋고 미끈거리지 않고 무엇보다 뒤꿈치 부분이 발바닥 쪽으로 슬금슬금 내려가 접히는 불쾌한 일이 없어 좋다. 얼마 전에 그중 회색 양말 한 켤레가 보이

지 않아 아내에게 물어보았더니 발가락 부분에 작은 구멍
이 나서 버렸다는 것이다. 공연히 허전했던 것은 꿰매어
쓸 수 있는 것을 버렸다는 이유만은 아니었을 것이다.

사무실 서랍 속에는 아직도 짙은 남색 한 켤레가 비닐
포장 상태 그대로 남아 있다. 가끔 서랍정리를 하다가 그
양말을 보면 기분이 산뜻해진다. 그 일이 3년 전의 일이
었다. 어느 한적한 시골국도에서 뽀얗게 먼지를 일으키고
사라지는 시외버스처럼 내 마음에 잠시 부담의 먼지를 일
으키고 갔던 그 아이도 지금은 제법 숙녀티가 날 것이다.

윤 하사와 당앙唐鞅

세상 경험을 통해 우리가 산지식을 배운다는 것은 확실히 맞는 말이지만 그 지식이 반드시 올바른 지식이라고 보장할 수는 없다. 좁은 목적의식이 선택하는 전략적 사고는 종종 도달해서는 안 될 위험한 지식에 도달하기 때문이다. 나는 언젠가 한 동료로부터 "어느 조직이든 새로 부임하는 보스는 처음에는 조직원들에게 가혹할 정도로 엄했다가 차츰차츰 관대해져야지 그 반대가 되면 안 된다. 그 이유는 가혹했다가 관대해져야 관대해졌다는 것을 의식하게 되며 처음부터 관대하면 그것을 관대함으로 받아들이기보다 당연하게 여기며 또 오히려 나중에 가혹해질 경우 원망하게 된다"는 이야기를 듣고 인간의 전략적 사고가 얼마나 기괴한 논리에 빠질 수 있는지 느낀 적이 있었다.

그 비슷한 경험을 나는 군대에서 한 적이 있는데 내가 조교로 근무하던 훈련소의 내무반장 중에 윤 하사라는 친

나의 초라한 반자본주의

구가 있었다. 기간병 내무반에서 그는 약간 성미가 급하고 촌티가 나는 것 외에는 오히려 덜렁거리고 때로는 웃기는 이야기도 잘하는 평범한 중고참에 지나지 않았다. 그러나 그가 내무반장을 하는 훈련병 소대에 가보면 모든 것이 완전히 달랐다. 훈련병들은 그의 표정 변화 하나에도 전전긍긍하는 것이 한눈에 관찰되었다. 한번은 이 내무반에서 무슨 분실 사고가 있어 윤 하사가 난리법석을 친 적이 있었다. 나는 그때 우연히 그 광경을 목격한 적이 있었는데 소대원들은 마치 광신도들이 그들의 교주에 대하듯 일제히 울부짖었고 몇몇은 그의 바짓가랑이를 잡고 벌벌 떨었다. 그것은 놀랍고도 인상적인 광경이었다.

얼마 후 나는 윤 하사와 둘이 있는 자리에서 지나가는 말로 어떻게 그렇게 소대원들을 '훌륭하게' 장악할 수 있었느냐고 물어보았다. 그랬더니 그의 대답이 이러했다. 애들은 칭찬해줄 만한 일에 칭찬해주고 화낼 만한 일에 화를 내면 절대 내무반장을 무서워하지 않는다는 것이다. 칭찬을 들을 줄 알았는데 화를 내고, 화를 낼 줄 알았는데 뜻밖에 칭찬을 듣고, 한마디로 미친 척해야 비로소 내무반장을 무서워하게 된다는 것이다. 이 말을 하며 그 촌스럽고 약간 어리석기까지 한 윤 하사가 내밀한 비법이나 전수한다는 듯이 시익 웃던 그 웃음은 나의 마음 깊은 곳에 알 수 없는 전율을 일으켰다.

제대를 하고 또 내 나름대로 사회생활을 하면서 나는

종종 윤 하사가 했던 그 말을 떠올리며 좁은 목적의식에서 선택하는 전략적 사고의 위험성을 새삼스럽게 절감하곤 했다.

전략적 사고는 일단 목적을 고정시킨다. 여기에서 모든 것이 빗나가기 시작하는 것이다. 중요한 것은 우리가 설정한 목적 자체의 의의와 한계를 깨닫기 위해 노력하는 것이다. 어떠한 목적도 스스로를 반성하는 기제를 잃어버리면 그다음 순간 죽음의 빛깔을 띠게 된다. 그리고 그 목적의 무조건적 쟁취를 위해 전략적 사고가 발동하는 순간 이미 악령은 그의 검은 날개를 퍼덕이기 시작하는 것이다.

제대를 한다고 번들거리는 워카에 개구리복을 한껏 빼어 입고 예의 그 이죽거리는 웃음을 흘리며 허청허청 연대 정문을 나가던 윤 하사의 그 산지식은 지금은 어디서 어떤 모양으로 진행되고 있을까? 그에 대한 기억도 세월이 흐름에 따라 아물아물 잊혀가던 어느 날 나는 『여씨춘추呂氏春秋』를 읽다가 홀연 윤 하사와 함께 그의 웃음이 내 마음속 깊이 일으키던 그 전율을 다시 만나게 되었다. 윤 하사는 개구리복 대신 긴소매의 비단옷을 걸치고 2,000여 년 저쪽에서 여전히 그 웃음을 흘리고 있었다.

송강왕宋康王이 재상인 당앙唐鞅에게 물었다.
"나는 많은 사람을 죽였는데도 신하들이 여전히 무서워하지 않으니 어찌 된 일이오?"

나의 초라한 반자본주의

당앙이 대답했다.

"임금께서 죽이신 것은 모두 착하지 못한 사람이었습니다. 착하지 못한 사람을 죽이는데

착한 사람이 겁낼 리가 있습니까?

착하고 착하지 않은 구별 없이 마구 닥치는 대로 벌을 주는 것이 좋습니다. 그러면 신하들은 무서워할 것입니다."

그로부터 얼마 안 있어 송왕은 당앙을 죽였다.

당앙의 기사가 나오는 『여씨춘추』의 편명篇名은 「음사淫辭」였다.

가장 무서운 사람

훈련소 조교나 내무반장들은 가끔 훈련병들에게 쓸데 없는 질문을 던진다. 대개 "사회에서 무엇 하다 왔어?"라 든가 "누나 있어? 이뻐?" 등인데 묻는 쪽이나 대답하는 쪽이나 다 무료하고 따분해서 하는 대화들이다.

그런 질문 중에서 또 하나 흔히 던져지는 질문은 "조 교나 내무반장 중에서 누가 제일 무서워?" 하는 것이다. 그러면 대개 자주 거명되는 사람이 두엇 나온다. 그중에 차 하사가 자주 포함되었다. 그는 날렵한 몸매에 성질이 불칼 같았기 때문에 그가 연병장 구령대에 올라가 갈라지 는 목소리로 한번 악을 쓰면 200여 명의 동작이 바람에 수수밭 밀리듯 일사불란해지곤 했다.

훈련병들은 무서워했지만 사실 그는 시를 좋아했고 삶 의 진지한 주제에 관심이 많았으며, 그런 주제에 기울이는 관심의 방식도 대단히 섬세했다. 그래서 병과 하사 사이였 지만 그는 나와 '일상적이지 않은' 대화를 종종 나눌 수 있

나의 초라한 반자본주의

다는 것을 대단히 기꺼이 여겼던 것으로 기억한다.

　그러던 어느 날 차 하사가 조금 상기된 표정으로 내게 찾아와 말을 걸었다.

　"이봐, 이병장. 나 오늘 참 희한한 녀석을 만났어."

　그의 이야기인즉 몇 내무반의 아무개라고 하는 훈련병에게 저 흔한 "누가 제일 무서우냐?" 하는 질문을 했다는 것이다. 그랬더니 그는 물어본 사람이 머쓱해질 정도로 담담하고 조용한 어조로.

　"대화도 설득도 통하지 않는 사람이 이 세상에서 제일 무섭지요."

하더라는 것이다. 차 하사가 지목한 그 훈련병은 나도 알았는데 얼굴빛이 유난히 희고 팽팽한 자존심의 일단이 초라한 훈련복 아래에서도 다 가려지지 않고 내비치는 친구였다. 훈련병들을 끊임없이 받다가 보면 한 期期에 한두 명 정도는 꼭 이런 친구들을 만난다. 나는 그런 친구들을 언제나 주목해왔지만 의도적으로 일정한 거리 이상으로 가까이하지는 않았다. 차 하사는 그렇지 않은 것 같았다. 그는 그런 친구들을 비교적 잘 찾았고 또 그런 친구들에게 말을 걸고 대화하기를 즐기는 스타일이었다. 그래서 그런지 그 이야기를 하는 차 하사의 얼굴은 다분히 상기되어 있었다.

　세상을 살아가면서 지금은 얼굴마저 까맣게 잊어버린 그 훈련병이 했다는 말을 종종 생각하게 된다. 사회생활을 오래 하다 보면 상대하는 사람들의 폭이 더 넓어지고 더 넓어지는 만큼 공유하는 인식의 폭이 더 좁아지는 반비례 관계를 경험한다. 그리고 간혹 다른 사람들과의 사이에서는 당연히 서로 접고 들어갈 수 있는 공유의 부분에서 예기치 않게 불일치와 엇박자가 발생하는 것을 체험하기도 한다. 대부분의 경우 그것은 나름대로 돌파구를 찾게 되는데 어떤 경우에는 심각한 상황으로까지 번지는 경우가 있다. 바로 그때 종종 "대화와 설득이 통하지 않는 사람이 제일 무섭다"고 한 그 훈련병의 말이 생각나는 것이다.

　나의 요즈음의 화두는 그 어간에 형성되어 있다. 문제는 대화와 설득이 통하지 않는 그 사람에게 있는 것이 아니라 그럼에도 그와의 교통로를 뚫지 못하는 나의 부덕不德과 불비不備에 있다는 것이 그 화두의 한 축이다. 그리고 다른 한 축은 그 반대쪽에서 나중에 형성된 것이다. 즉 예수의 곁에도 가롯 유다가 있었고 석가모니의 곁에도 제바달다가 있었는데 나처럼 어리석은 중생의 곁에 선남선녀만 있기를 바라는 것은 또 다른 도덕적 과욕일 뿐이라는 것이다.

　아마 둘 다 맞을 것이다. 세상은 순탄치만은 않다. 그리고 세상을 살아가면서 만나는 그 어느 누구도 다 나에게는 시사적示唆的이다. 조금 격을 높여 말한다면 다 계시啓示를 준다고 해도 좋다. 어쩌면 절대 통하지 않는 사람은 더 크고 더 절대적인 계시를 주는지도 모른다. 그 선에서 화두를 조금씩 정리해가고 있다.

그나저나 그 이야기를 듣고 상기된 모습으로 내게 이야기를 전하던 차 하사야말로 세월이 지나고 생각해보니 참 특별한 사람이었다는 생각이 든다. 확실히 그는 남다른 안목이 있었다. 그날도 그는 이렇게 말했다.

"그런데 말이야. 그 이야기를 듣고 나니 나는 그놈이 무서워지더라고."

지금도 나는 청주대학교를 나왔다는 사람만 만나면 차 하사를 생각하고 그의 검은 얼굴과 갈라지는 목소리, 그리고 예리하던 눈빛을 생각한다.

작은 손해를 감수하는 일

군대란 곳은 이상할 정도로 청명한 곳이다. 군대생활을 해본 사람은 나의 이 말을 이해할 수 있을 것이다. 그곳에서는 인간의 유형도 아주 윤곽이 뚜렷한 몇 가지로 나누어지고 인간성도 금방 그 전모가 드러난다. 그에 비하면 일반사회는 몇 배나 탁하고 여러 수단으로 분식扮飾되어 있어 한눈에 전모가 드러나는 일이 드물다. 그러나 군대는 단순하고 솔직하다. 그래서 거기서 볼 수 있었던 인간이나 사건의 유형은 내가 이 사회의 다양한 현상을 좀 더 단순화해 이해하려 할 때 종종 떠올리는 대입代入변수가 되곤 했다.

여기에 소개하는 오래전의 아주 조그마한 사건도 그런 의미에서 내가 이 세상을 보는 데 중요한 틀이 되어주었다.

사건의 발단은 내가 복무하던 논산훈련소의 모 중대

에서 화장실 유리창 하나가 분실된 데에서 일어났다. 이 뒤처리를 다른 중대의 화장실 유리창을 밤에 몰래 뽑아다가 박아놓는 것으로 처리했던 것이다. 참고로 논산훈련소의 막사는 현대식 건물로 모두 판에 박은 듯이 지어져 있다. 모든 규격이 똑같으니 이런 조치가 가능했던 것이다.

자, 그다음은 어떻게 되었을까? 도난을 당한 중대에는 비상이 떨어졌다. 밤에 보초근무를 섰던 기간병이나 훈련병들은 기합을 받았고 즉시 원상복구를 위한 '특공대'가 조직되었다. 그러면 그다음 날은 건너편에 있는 다른 중대의 분위기가 심상치 않게 돌아갔다. 12개 중대에 이것은 금방 공공연한 비밀이 되어버렸다. 각 중대의 보초근무는 강화되었고, 특히 화장실 주변에는 방한복을 두툼하게 차려입은 여러 명의 동초動哨가 밤새 배치되었다. 어제는 어느 중대가 당했다더라는 이야기나 어느 중대에서는 대낮에 상대방의 허를 찌르는 작전이 성공했는데 선임하사가 직접 작전을 진두지휘했다더라 하는 이야기가 식기세척장의 화젯거리가 되곤 했다.

그러던 어느 날 이 스릴 넘치는 게임에 종지부가 찍히는 소문이 들려왔다. 6중대가 마지막으로 창틀을 도난당했고 그 사실은 6중대장에게 보고되었다. 물론 그는 이 소문을 들어 알고 있었다. 그런데 그는 다른 중대장들과 달리 행동했다. 그는 선임하사를 불렀다. 그리고 그의 지갑에서 돈을 꺼내 지금 즉시 영외에 가서 창문틀 하나를 제작해 오도록 했던 것이다. 이 소문은 금방 12개 중대에

퍼졌다.

그날 이후 6중대장은 다른 모든 중대장과 뚜렷이 구분되었다. 하루아침에 그는 우리 사병들 사이에서 특별한 인물이 되었다. 그를 만나면 우리는 좀 더 큰 목소리로 "충성"을 외쳤고 경례를 받는 그의 태도는 훨씬 더 여유가 있어 보였다. 아마 몇몇 중대장은 왜 자신도 그처럼 남다른 발상을 하지 못했는지 후회하는 경우도 없지 않았을 것이다. 어쨌든 부대는 다시 평화를 찾았고, 우리는 빛나는 기억 하나씩을 가지게 되었다. 그것이 내가 말하고자 하는 사건의 전모다.

제대 후 내게는 이 단순한 사건이 이 세상의 어지러운 현상을 분석해서 판단하는 데 무슨 공식이라도 되는 듯이 종종 회상되곤 했다. 그렇다. 세상은 훨씬 더 다양하고 단선보다 복선이 많고 여러 타래가 얽혀 있기는 하지만 유형을 단순화하면 거기에도 문제를 일으키는 한 명의 양심 불량이 있고, 그렇게 발생한 문제의 소용돌이 속에서 "내가 공연히 손해볼 수는 없다"는 일념에서 이 문제를 대책 없이 유전流轉시키는 10명의 평범한 사람들이 있고 "내가 조금 양보하겠다"는 마음으로 그 문제를 타결 짓는 한 명의 특별한 결단이 있는 것처럼 내게는 자꾸만 느껴지는 것이다.

사실 조그마한 손해를 감수하는 것, 한 발짝쯤 양보하

나의 초라한 반자본주의

는 것은 결코 어려운 일이 아니다. 때로 그것은 한두 시간의 수고나 점심값 정도의 금전에 지나지 않는 경우도 많다. 엄밀하게 생각해보면 그러한 양보가 우리를 특별히 궁지에 몰아넣지도 않고 그로 인하여 무거운 짐을 짊어지게 되는 것도 아니다.

묘한 것은 그러면서도 많은 사람에게 있어 그렇게 하는 것은 사뭇 바보짓 같고 모든 사람이 공인하는 삶의 질서에서 홀로 이탈하는 것 같은 느낌을 준다는 것이다. 실로 그렇다. 10명의 중대장이 아무도 그 쉬운 발상을 쉽게 하지 못한 데는 세속적 삶을 지배하는 끈질긴 가치관의 중력이 작용했기 때문이라 할 수 있다.

조그마한 손해를 감수하는 일은 생각하면 하나의 일탈이다. 그것은 단 한 발자국에 지나지 않지만 그것이 가능하기 위해서는 평균적 가치관에 저항하며 구축된, 다소 고독한 가치관이 필요하기 때문이다. 한 발자국에 지나지 않는 것을 위해 한 개인은 그의 내면에서 일탈이 주는 위협과 싸우고 때로는 삶의 현장에서 구체적 소외와 싸워야 하기도 한다.

그 한 발자국을 확보할 수 있는 자를 나는 행복한 사람이라고 생각한다. 그는 비록 한 발자국을 물러섰지만 그의 앞에는 몇 배나 더 넓은 영지가 확보되기 때문이다. 삶에는 이런 신비스러운 장치가 있고 그런 것을 발견해갈 수 있는 삶은 행복한 삶이 아닐 수 없을 것이다. 지금은 어디서 무엇을 하는지 모르지만 그 깡마르고 얼굴이 검고 키 큰 6중대장의 그 후의 삶에 나는 이런 행복이 반드시 있었을 것이라 믿는다.

나의 초라한 반자본주의

가난한 자는 복이 있나니

　며칠 전에 우리 집에 손님이 왔다. 아직 마흔 미만의 젊은 부부인데 우리 아이 문제로 너무나도 애를 많이 쓰는 분들이라 저녁 식사라도 대접하기 위해 초대한 것이다. 식사 중에 이런저런 이야기를 나누다가 화제가 월급에 미치게 되었다. 별나게도 내가 "보너스 없는 달은 월급이 얼마 정도밖에 안 된다"고 구체적인 액수를 말하게 되었다. 사실 그런 자리에서 그런 말을 하는 것은 일반적으로는 결례가 될 것이다. 그러나 나는 소위 프라이버시나 비밀 따위를 별로 대수롭게 생각하지 않는데다 서로 집안 사정도 잘 아는 흉허물 없는 사이라 약간의 의도를 곁들여 그렇게 말을 했던 것이다.

　그 약간의 의도란 돈과 관련하여 이 젊은 부부에게 어떤 문제의식을 안겨주는 것이었다. 그들은 외국 유학 시절에 매우 어렵게 살았다. 무슨 고리짝 시절 이야기 같지만, 실제 아이 우유값 대기도 어려웠던 적이 많았다고 한다. 그렇게 힘든 유학을 끝내고 돌아와 아직 완전하게 자리를 잡지는 못했지만, 경제적으로는 괄목할 만큼 여건이 좋아져 최근에는 멋진 레저용 차에다 그럴듯한 아파트도 한 채도 마련하게 되었다. 말하자면 그들의 인생살이에도 이제 이재理財라는 문제가 본격적으로 대두된 셈이고, 그와 관련해 어떤 입장을 견지할 때가 되었다고 생각한 것이다.

젊은 부인은 나의 말에 생각보다 박봉이라는 표정을 지었다. 그러면서 "봉급 생활자들은 다 그런가 봐요. 최 선생도 알고 보니 봉급이 얼마 안 되더라고요" 하며 나의 박봉을 위로하려는 것인지 의외의 발언이 불러온 서먹한 분위기를 무마하려는 것인지 분간이 잘 안 가는 말을 인사처럼 건네었다. 여기서 그만 아포리아를 즐기는 나의 괴벽이 작동하고 말았다.

"그런데 나는 그 봉급도 많은 것 같아요. 조금 더 적었더라면 하는 생각을 할 때가 있어요……."

이 말이 그들 부부, 그중에서도 매우 열정적인 성격의 부인에게는 적잖이 당혹스러운 것이 되고 말았다. 무어라고 그녀가 한 말은 기억이 나지 않는다. 그리고 짧은 순간 그녀가 지은 표정과 몸짓은 묘사가 불가능하다. '어떻게 그렇게 생각할 수 있어요?'가 주된 것이었지만, 반드시 그

나의 초라한 반자본주의

것만도 아니었기 때문이다. 하긴 그런 당혹을 유도하기 위하여 일부러 한 말이기는 하다. 식사가 끝나고 화제가 바뀌었는데도 혼잣말처럼 "세상에……" 하는 것을 보면 나의 아포리아 작전은 일단 성공한 것이 틀림없었다.

성공 정도가 아니었다. 이튿날 교회에 다녀온 아내의 말에 의하면 그녀는 아내를 붙잡고 "우리 집사님은 너무 너무 불쌍해서. 글쎄, 아저씨하고 집사님 사고방식이 완전히 딴판이야" 하고 위로를 보내기도 했다고 한다. 딴판의 사고가 세상에 있다고 하는 사실을 주지시킨 것만은 어찌되었든 분명했다.

사실 내가 한 말이 어디까지 진실이었느냐를 따진다면 나 자신도 곤혹스러웠을 것이다. 스스로 박봉이라고 생각하거나 월급이 더 많았으면 좋겠다고 생각한 적이 별로 없었던 것은 사실이다. 그러나 선택할 수 있다면 정말로 더 적은 것을 선택하겠느냐고 한다면 나도 자신이 없다. 좀 더 솔직하게 말한다면 아마 선택하지 않았을 것이다. 그럼에도 불구하고 내가 한 말은 또 거짓말이나 위선 같은 것은 아니다. 내가 선택할 수 있는 현실의 영역은 아니지만 그 말은 우연히 튀어나온 것이 아니라 내 안에서 늘 떠나지 않고 맴돌던 한 빛바랜 사념에서 나온 것이었기 때문이다.

기본적으로 나는 누가복음에 나오는 저 "가난한 자는 복이 있나니" 하는 말을 자구대로 믿는다. 믿는다는 말이 너무 외람되다면 집착한다고 해도 좋다. 어쨌든 나는 마태복음이 "가난한"을 "심령이 가난한"으로 표기한 것은 누군가의 왜곡이었다고 보는 입장이다. 그 때문에 "부자가 하나님의 나라에 들어가는 것보다 낙타가 바늘귀로 들어가는 것이 더 쉽다"는 말도 아무 조건 없이 받아들이고 있다.

이것은 자학인지도 모르겠다. 왜냐하면 아무리 이모저모로 따져봐도 나는 내가 가난한 자의 부류에 들어갈 것 같지는 않기 때문이다. 원칙대로 따진다면 복도 천국도 나와는 인연이 없다는 말이다. 그래도 나는 한사코 샛길을 찾고 싶지는 않다.

아내의 생각은 다르다. 아내는 돈이 좀 더 있었으면 좋겠다고 노래한다. 그 이유를 들어보면 다행히 우리 살림을 더 윤택하게 하려는 것은 아니다. 대부분 주위의 어렵게 사는 사람들 때문에 안타까워할 때 그 이야기를 한다. 그러면서 왜 하필 궁상을 떨어야 하느냐, 내가 호의호식하자는 것이 아니라 주위에 베풀고 살자는 뜻인데 왜 꼭 그렇게 소극적으로만 살려고 하느냐고 나를 타박한다. 하긴 그런 정도의 이유로 좀 더 여유가 있었으면 하는 생각은 나도 가끔 하기는 한다.

그러나 바로 그 순간에 나는 고개를 젓고 만다. 그 순간은 바로 누가복음의 원칙이 훼손되는 순간이라고 생각하기 때문이다. 조건을 붙이고 예외를 만들기 시작하면 세상은 금세 앞도 뒤도 없이 두루뭉술해지게 된다. 바로

　　　　　　　　나의 초라한 반자본주의

그런 이유에서 나는 막스 베버의 『프로테스탄티즘의 윤리와 자본주의의 정신』을 싫어한다. 그는 기독교와 자본주의를 연결시켰으며 그것도 금욕이라는 절묘한 코드로 연결시켰다. 그것이 얼마나 사회경제학적 의의를 가지는지는 모르겠지만, 나는 그것이 저 변화경영이니 뭐니 하는 3류 기업철학의 원조쯤은 되는 것처럼 여긴다. 그래서 제대로 알지도 못하면서 막스 베버를 싫어하고 싫어하다 못해 막스 베버를 좋아한다는 사람까지 싫어한다. 마찬가지로 남을 돕는 일이 좋은 일임을 모르는 것은 아니지만, 그런 논리에 편승하기 시작하면 금세 본말이 전도되어 더 큰 원칙이 훼손되고 마는 것이다.

그러나 그러고 나면 남는 것은 무엇인가. 역시 궁상밖에 없다. 가난이 삶의 목표가 될 수는 없는 것이 아닌가 하는 생각이 당연히 들게 된다. 한발 양보해 가난이 좋아서가 아니라 부가 부담스럽고 거추장스럽다 하더라도 문제는 크게 개선되지 않는다. 재부財富를 부담스러워한다는 것 자체가 어쩌면 재부에 대한 집착 때문인지도 모른다. 아내의 말처럼 능동적인 입장에서 재부를 단지 이용利用만 하는 것이라면 재부를 갖는 것을 두려워할 필요도 없지 않나 하고 생각할 수도 있을 것이다.

2,500여 년 전, 공자의 제자 자로子路가 바로 그렇게 생각하였다. 그는 소원을 말해보라는 스승의 요청을 받고 이렇게 말했다.

수레와 말을 타고 가벼운 가죽옷을 입고 벗들과 더불어
함께 즐기다가 그것들이 못쓰게 되어도
유감이 없기를 원합니다.

[願車馬, 衣輕裘, 與朋友共, 敝之而無憾(원거마 의경구 여붕우공 폐지이
무감) 『논어』 5/26]

당시에 수레와 말 그리고 가벼운 가죽옷은 부의 상징
이었다. 그 부의 상징물을 자로는 벗들과 더불어 사용하
다가 해어져 못 쓰게 되더라도 유감스러워하지 않겠다고
한 것이다. 벗들과 함께 쓰겠다는 것은 그것을 폭넓게 이
용만 할 뿐, 사사로이 소유하지는 않겠다는 뜻이었다. 또
해어져 못 쓰게 되더라도 유감스러워하지 않겠다는 것은
그것들에 집착하지 않겠다, 얽매이지 않겠다는 뜻이었다.
자로는 재부에 대한 자신의 무애無礙철학을 피력한 것이
다. 그리고 그것은 공자의 철학에 대한 은근한 도전이기
도 했다.

공자의 철학은 무엇이었던가. 적어도 자로의 눈에 비
친 공자의 철학은 재부에 대하여 소극적인 철학, 말하자
면 궁상의 철학이었다. 공자는 당시를 무도한 세상으로
규정하고 있었고 무도한 세상에서는 부귀가 부끄러운 것
임을 주장했다[邦有道, 貧且賤焉, 恥也. 邦無道, 富且貴焉, 恥
也.(방유도 빈차천언 치야 방무도 부차귀언 치야) 8/14]. 한마디
로 공자는 가난을 지지했던 것이다. 자로는 공자의 그런
입장에 동의하지 않았고, 그 소극적 자세에 도전하여 자

나의 초라한 반자본주의

신의 적극적 자세를 펼쳐 보였던 것이다.

재부를 둘러싼 스승과 제자의 이 흥미로운 입장차를 살펴보면 이 문제는 세월이 간다고 해서 더 진척되는 것이 아니라 옛날이나 오늘날이나 늘 원점에서 다시 되풀이되는 과제처럼 보인다. 어떻게 보면 진정한 과제일수록 그런 구조를 가지고 있는 듯하다.

여기서 나는 시인 김수영의 경우를 생각해본다. 재부의 문제를 둘러싸고 보인 그의 유별난 태도가 공자의 생각과 얼마나 같고 다른지는 단언하기 어렵지만 나는 자주 두 사람의 유사성을 느꼈다. 최하림의 평전에 의하면 어느 날 김수영은 만취 상태에서 거지가 되어야겠다고 소리 소리 외쳤다고 한다. 거지가 되어야 한다는 이 외침은 느닷없이 나온 것이 아니라 그의 시 「금성 라디오」나 「의자가 많아서 걸린다」 등에 나타난 그의 고집스러운 삶의 태도에 이어진 것이었다.

물론 그는 거지가 되지 않았다. 그러나 그의 주정은 거지가 되지 않고는 도저히 위선과 허식의 늪에서 벗어날 수 없다는 절망감을 말해주고 있다. 최하림의 말처럼 "그의 거지는 모든 것을 버리고 얻으려는 구도에 속하는 것이었고 일종의 사회적인 연대감에 속한 것"이었다. 모든 것을 버리기 전에는 타인에게도 자기 자신에게도 진정으로 다가갈 수 없다는 김수영의 이 절망감은 자로의 무애 철학에 비해 일견 소승적小乘的인 것으로 보일 수도 있을 것이다. 그러나 나는 그것이 소승적인 것일 수는 있지만, 그 소승이 반드시 부정적인 것은 아니라고 생각한다. 왜냐하면 과잉 물화物化된 오늘의 세상에서 참된 진정성은 얼마간의 소승적 완고함을 동반하지 않고는 구체화되지 않는다는 사실을 고려할 필요가 있기 때문이다.

직업상 나는 어렵게 사는 사람들을 자주 접한다. 그들 중에는 보증금 300만 원에 월세 20만 원 정도를 주고 자식들을 키우며 사는 사람들이 많다. 그런 사람들의 벌이가 신통할 리 없다. 기술이라도 있는 사람은 좀 낫지만 기술마저 없으면 몸으로 때워야 하는데 그 경우 월수는 기껏 50~60만 원이다. 그나마 일자리가 있을 때 이야기고 그런 일자리마저 없으면 정말로 대책이 없다. 대책이 없는데도 사는 것을 보면 신기할 따름이다.

때때로 그런 사람들과 나를 연결시키는 것이 무엇인지 돌아본다. 그러면 기껏 서 푼어치도 안 되는 연민밖에 없다는 것을 발견한다. 연민은 오갈 수 있는 다리라기보다는 오가지 못하게 막고 선 장벽처럼 느껴질 때가 많다. 결국 내가 가진 모든 것을 버리기 전에는 그들을 향한 나의 마음이라는 것도 위선의 그늘에서 벗어날 수 없을 것 같은 아득한 절망감을 느낀다. 그리고 바로 그 지점에 술에 취해 거지가 되어야 한다고 막무가내로 외치던 김수영이 서 있다.

가진 것이 많고 두른 것이 많고 내세울 것이 많을 때

우리는 인간으로서의 타고난 위상을 잃게 된다. 사물이 보이지 않게 되고 사물의 운명이 느껴지지 않게 된다. 제 자신을 잃고 어떻게 남을 운위할 수 있는가. 그래서 나는 "가난한 자는 복이 있나니" 하는 저 구절을 고집스레 나의 교조로 삼고 있는 것이다. 그러면서도 내가 기왕에 가진 온갖 것은 그대로 움켜쥐고 있으니 나라는 존재는 이래저래 모순된 존재다.

내가 만약 모순되지 않게 살고 있다면 그 젊은 부부에게 차라리 모든 것을 버리고 가난하게 살라고 하였을 것이다. 그러나 내가 모순되게 살고 있기 때문에 나는 그런 요구를 하지 못한다. 심지어는 나 자신에게도 요구하지 못하고 있다. 그러면서 기껏 그들 부부에게 나의 이 해결되지 못한 곤혹을 전염시켜보려는 뒤틀린 심사나 갖는 것이 내가 생각하기에도 이만저만 심술궂지가 않다.

며칠이 지나 생각하니 참으로 미안한 생각이 든다. 아무래도 내가 주책을 부렸구나 하는 느낌이다. 자동차 회사가 리콜을 하듯 모든 것을 다시 내 안으로 회수하며 나는 이미 흘러간 시간 너머로 이렇게 중얼거려본다.

"젊고 아름다운 부인이여. 나는 좌초된 내 사고방식의 포로입니다. 그러니 걱정하지 말아요. 그 옛날 그 산 위에서 있던 사나이의 경우와는 달리 내가 가진 이 불활성不活性의 사고방식은 어느 누구에게도 전염되지 않을 겁니다. 부귀를 갖추는 것도 좋지요. 그래서 주위의 어려운 사람들에게 도움을 베풀 수 있다면 얼마나 더 좋겠습니까.

다만 딴판의 사고방식도 이 세상에 있다는 것만 기억해주세요. 내게는 끌어안지도 못하고 버리지도 못하는 것입니다. 마치 포플러 나무 꼭대기에 걸려, 날아오르지도 못하고 곤두박질치지도 못하면서 공연히 긴 꼬리만 펄럭이고 있는, 가련한 연처럼 말입니다."

나의 초라한 반자본주의

간소한 생활에의 꿈

전철을 타러 가는 길목에 가끔 들르는 라면집이 있다. 무슨 일이 있다며 아내로부터 저녁식사를 적당히 해결하라는 부탁을 받은 날이나 이런저런 일로 식사를 간단히 때울 필요가 있을 때 나는 이 호젓한 라면집에 들른다. 따로 탁자도 없이 벽면을 따라 붙은 좁은 나무판자가 탁자다. 그 위에는 젓가락 통이며 고춧가루 병 따위가 가지런히 진열되어 있다. 의자도 물론 등받이가 없는 동그란 나무의자다.

이 라면집에 앉아 라면이 나오기를 기다리며 벽면에 붙어 있는 거울 속의 내 얼굴이나 들여다보는 시간이 내게는 한없이 편안하고 고즈넉한 시간이다. 그때마다 내 인생도 이렇게 간소할 수만 있다면 하는 생각을 해본다.

만약 내가 혼자였다면 정말로 그렇게 살았을 것이다. 그러나 결혼해서 가정을 이루고 있으니 그게 뜻대로 되지 않는다. 일상에 파묻혀 대부분은 잊고 살지만 가족과 함께 살기 때문에 나의 생각과 정서에 좇아서만 생활할 수 없는 데에서 오는 제약감은 지금도 무슨 견비통처럼 나를 따라다니고 있다. 그래도 어쩔 수 없다. 일상사의 모든 것은 결국 가족 중심으로 결정이 나고 나의 생각이나 정서는 항상 뒷전으로 밀린다. 그 생각과 정서가 조금이나마 꿈틀거린다는 것이 바로 이런 라면집 의자 위에서의 하릴없는 상념 정도다.

혼자 산다면 나의 생활은 훨씬 간소해졌을 것이다. 먹고 입고 사는 것이 생활일진대 그것이 복잡해야 할 이유가 없지 않은가. 실제 그런 생활을 한번 해본 적도 있다. 지방근무로 가족을 떠나 혼자 살 때였다. 처음 내려갔을 때 나의 짐은 소형 승용차 트렁크에 충분히 실을 수 있는 분량이었다. 아마 몇 벌 옷가지와 세면도구와 등산용 코펠 세트와 역시 등산용 슬리핑백 정도였을 것이다. 그 후 약간의 생활용품들이 현지에서 더 조달되었지만 대부분 주변의 아는 사람들이 쓰라고 준 것이거나 중고품을 단돈 몇만 원에 구입한 것들이었다.

먹는 것도 마찬가지로 간소했다. 식욕이 별로 없을 때, 혹은 이것저것 준비하는 것이 번거롭게 느껴질 때 나는 작은 소시지 조각 하나와 오이 하나를 접시 위에 올려놓고 먹는 때가 가끔 있었다. 그 간소한 식사를 앞에 놓고 앉아 있자면 마치 무슨 제식祭式을 치르는 듯한 진지한 느낌이 들곤 했다.

언젠가 영화배우 장미희가 텔레비전에 나와 파리 유

나의 초라한 반자본주의

학 시절에 아파트에서 혼자 냄비밥을 먹다가 갑자기 냄비를 들여다보며 펑펑 울었다는 말을 한 적이 있었다. 약간의 설명을 곁들인 말이었으나 당시 그녀의 이유는 선명하게 전해오지는 않았다. 그래서 지금도 그녀가 왜 울었는지 정확하게는 알 수 없다. 그러나 어쩌면 그녀의 이유도 내가 작은 소시지 조각과 오이 하나 앞에서 느꼈던 것과 같은 어떤 제식적祭式的 엄숙성과 다소간의 연관성을 가지고 있었던 것은 아닌가 한다.

먹는 일은 단순한 사실 행위이기도 하지만 매우 상징적인 행위이기도 하다. 한 그릇의 초라한 음식은 인간의 근본적인 운명을 상기시켜준다. 그것은 인간이 물질과 육肉에 이어져 있다는 사실을 상기시켜주는 인간의 대표적인 하부조건이다. 인간의 하부조건으로 흔히 의식주, 즉 입는 것, 먹는 것, 주거하는 것을 든다. 그중에서 입는 것과 주거하는 것은 아주 결정적인 것은 아니다. 기후 조건에 따라 다르기는 하지만 극단적인 경우로 열대지방에서는 의衣생활과 주住생활이 거의 없다시피 한 경우도 있기 때문이다. 그러나 식食생활, 즉 먹는 것은 그렇지 않다. 그것은 인간조건의 절대적인 부분이다. 먹지 않고 살 수 있는 사람은 없기 때문이다. 그래서 먹는 일에는 인간의 하부조건 전체를 대표하고 상징하는 역할이 주어진다. 특히 간단한 식사의 경우가 그렇다. 간단한 식사는 그 제식적 행위를 통해 인간의 운명을 상기시켜주고 우리의 인식을 태초의 인간조건으로 인도한다.

먹어야 산다는 이 조건의 상기는 동시에 인간이 영적 존재라는 사실도 상기시킨다. 이 점이 신비로운 점이다. 상징으로서의 먹는 일에는 그래서 일련의 역설이 들어 있다. 인간이 물질과 육에 이어져 있음을 겸허히 직시하는 순간, 인간이 동시에 숭고한 영靈에 이어져 있음을 인식하게 된다. 인간의 가장 절대적인 한 하부조건이 가장 절대적인 상부조건과 떼려야 뗄 수 없이 결합되어 있는 것이다. 그 결합이 드러나는 순간, 하부조건은 이제 더 이상 하부조건이 아니다. 그것은 숭고한 무엇이다. 기름지고 번쇄한 식사는 그 상기력을 잃고 있다. 오직 간소하고 초라한 식사만이 그 상기력을 지닌다.

우리가 흔히 보는 크리스천들의 식전食前 기도는 그 점에서 볼 때 충분히 근거가 있는 의식儀式이다. 물론 실제 의식은 대부분 매너리즘에 빠져 그 의미와 상징성을 살리지 못하고 있다. 그러나 그 의식은 한 종교의 의식으로 채택되기 이전에 한 덩어리의 차갑고 굳은 빵 앞에서 느낀 인간의 경건한 감정으로 선재先在해 있었던 것이라 할 수 있다.

삶에는 일련의 스산함이 있어야 한다. 그 스산함은 우리가 헐벗은 상태로 태어났다는 사실에의 끝없는 상기가 아닌가 한다. 그 사실은 우리가 로마의 황제처럼 번쩍이는 망토를 두르고 군중의 연호 가운데를 거니는 순간에도 결코 다르지 않다. 그런 스산한 상기가 우리를 초라하게 만들지는 않는다. 오히려 그런 상기 속에서만 우리는 인간 본래의 운명 속에 굳건히 설 수 있는 것이다.

라면집의 간소함에는 그런 스산함이 있다. 젓가락 통에 젓가락이 조용히 꽂혀 있는 모습이라든가 단무지 접시들이 차분하게 포개져 있는 모습, 그리고 저 거울 속에 전철을 타러 부산하게 지나가는 사람들의 모습에는 스산함이 있다. 그리고 그 스산함은 나를 편안하게 하고 고즈넉하게 한다. 어쩌면 이 라면집은 언젠가 까마득한 과거에 보았던 혹은 언젠가 먼 미래에 다시 보게 될, 나의 잃어버린 성소聖所나 제단祭壇의 흔적인지도 모르겠다.

나의 초라한 반자본주의

나는 "아니 아직도 전화가 없는 집이 있나요?" 하는 소리를 몇 차례나 들은 다음에야 집에 전화를 놓았다. 물론 오래전 일이다.

또 "요즈음도 흑백텔레비전을 보는 집이 있나요?" 하고 신기하단 듯이 반문하는 소리를 수없이 듣고서야 컬러텔레비전을 샀다. 지금 보는 20인치 텔레비전도 조그마한 화면을 보다 못해 어느 친척이 반강제로 들여놓아준 것이다. 그런데 이제는 아내의 성화 끝에 컨테이너만큼이나 크게 느껴지는 냉장고까지 들여놓고 컴퓨터로 인터넷 세상까지 기웃거리고 있으니 나도 별수 없이 세상의 변화와 문명의 이기를 줄레줄레 따라가는 셈이다.

어차피 거부하지 못하고 따라갈 바에야 코뚜레 꿰어 끌려가듯 따라가기보다 그런 변화와 박자를 맞추어가며 사는 것이 낫지 않느냐는 이야기가 나올 법도 하다.

내가 아직 그렇게 하지 못하는 것은 우선은 천성 탓이라고 생각한다. 그러나 주변의 사람들로부터 "아직도……" 어쩌고 하는 소리를 들을 때는 말하는 사람과 나사이에 약간의 단층이 형성된다. 그때의 심리를 스스로 들여다보면 거기에는 단지 천성의 문제만으로 돌려버릴수 없는 것이 있음을 느낀다. 아내는 그것을 나의 고집이라고 말하지만 나는 오히려 그것이 세상과 이 문명에 대한 소극적인 저항 심리와 어떤 적개심 같은 것에 가깝다고 생각한다. 완화하여 말하더라도 무슨 도발심리가 분명히 있는 것이다.

그래서 그런지 누구나 다 알 만한 저명인사의 집에 갔더니 30년이나 쓴 귀 떨어진 소반을 여직도 쓰더라던가, 250리터짜리 구형 냉장고가 아직도 있더라던가 하는 이야기를 들을 때는 나는 어린아이처럼 감동한다. 이 감동이 또한 단순한 감동이 아니라 식민지 시대의 무력한 백성이 독립군 이야기에 가슴 설레는 것처럼 불령不逞한 배경을 가지고 있다.

그러나 어쩔 것인가. 나는 아직도 완강히 핸드폰 사용을 거부하는데, 누군가는 요즈음은 핸드폰이 없다는 것은 예의가 없는 것처럼 취급될 소지가 있다고 넌지시 일침을 가한다. 그러고 보니 벌써 세상은 수년 전만 해도 최신품이던 핸드폰 사양을 무슨 골동품처럼 취급하고 있지 않은가.

그래도 나는 아직 버티고 있다. 이 버팀이 오래가지

못할 것을 알지만, 그래도 버티는 데까지는 버티어보려한다. 이것이 나의 초라한 반자본주의다.

그러나 그것이 무엇을 어떻게 한단 말인가! 내가 핸드폰을 사용하지 않고 있어도 이동통신 회사는 엄청난 돈을 벌고 있다. 내가 땅 위에서 펄쩍 뛰었다가 내려앉는다고 하더라도 지구의 공전 속도를 조금도 늦추지 못할 것이다. 그러니 게임은 애초부터 성립되지 않는 것이다.

다만, 실로 다만, 이 게임이 되지 않는 게임에서, 버티지도 못하고 질질 끌려가면서, 내가 생각하는 것은 이제 사회주의도 무너져 내린 세상에서 이 앞뒤 막힌 문명의 몰골을 조금이라도 제 모습대로 보자면 요만한 거리라도 가져야 할 것 같다는 것이다. 구차하지만 요만한 거리가 또 무슨 아득한 미래에 올 또 다른 세상을 바라볼 때 혹시 발판 구실 같은 것이라도 하지 않을까 하는 가당치 않은 몽상에 젖어서…….

나의 초라한 반자본주의

이사 유감 1

　나와 비슷한 연배의 직장생활자라면 초라하게 시작했던 신혼살림이 한 차례 이사를 할 때마다 조금씩 모양새를 갖추어 가던 과정을 기억할 것이다. 셋방살이가 마이홈으로, 작은 평수가 큰 평수로……. 그리고 그사이에 무릎 아래에서 놀던 아이는 자라 어느새 아비를 굽어보고 처는 눈가에 잔주름이 오종종하다. 그것을 그저 삶의 애환이라고 가볍게 정리할 수도 있겠지만 이번의 이사는 도무지 가볍게 정리되지가 않는다.

　출근시간만 꼬박 한 시간 반을 잡아먹던 신도시 생활을 6년 만에 청산하고 우리 가족은 서울의 내로라하는 아파트 타운에 입성하였다. 비록 살던 집을 전세 놓고 전세로 입주한 집이지만, 이 집은 자그마치 32평이나 된다. 손님이라도 맞을라치면 교자상도 제대로 펴지 못했던 저번 집에 비하면 이 아파트의 거실은 운동장만 해 보인다.

처음 그것은 하나의 변화에 불과했다. 그러나 이사의 북새통으로 모든 감각이 얼얼하기만 하던 꼬박 한 달이 지나고 내가 이 변화의 진정한 의미에 접한 것은 이사 다음 날 퇴근하고 돌아왔을 때였다. 나는 장미 전구 여섯 개가 대낮같이 밝히는 이 낯선 집이 도무지 심란했다. 그 때문에 별것도 아닌 것을 가지고 처에게 버럭 화까지 냈다. 생각하면 그것은 32평 아파트로 표현되는 이 애처로운 삶의 지표를 내가 받아들였다는 사실에 대한 모멸감 때문이었다. 경제수석이 된 K모 교수는 지금껏 노모를 모시고 15평 아파트에서 자적하며 살았더라는 신문기사가 가슴 한구석에 가시처럼 와 박혔다. "내게는 무언가를 소유한다는 것이 범죄처럼 여겨진다"던 간디의 말이 등 뒤를 따른 것은 사실 그보다도 훨씬 전, 계약서에 도장을 찍던 때부터였다.

오십이 다 된 나이에 요만한 생활에서 부담을 느낀다는 것은 단지 나의 소심 탓이라고 애써 마음을 추슬러보기도 하지만 긴 베란다 유리창에 드리워진 젖빛 블라인드며 아이놈이 신기하단 듯이 눌러대는 도어폰은 나의 범죄를 입증하는 요지부동의 장물贓物처럼 보인다.

아내여, 이해해줄 수 있겠는가? 내가 저 곰팡내 나는 내 짐보따리를 일주일이 지나도록 풀지 않고 있는 데는 나의 게으름도 게으름이지만 이 32평 안에 나의 모든 것을 볼모 잡히지 않으려는 마지막 버티기도 있다네. 안방에 딸린, 당신이 그토록 정성 들여 닦아놓은 조그마한 화장실을 내가 구태여 외면하는 데도 역시 그런 무력하고, 서글프고, 모순된 안간힘이 있다네.

이사 유감 2

3년 만에 나는 다시 이사를 했다. 집주인이 집을 파는 바람에 어쩔 수 없이 이루어진 것이기는 하지만 이번에는 엄청나게 오른 전셋값 덕분에 오히려 집을 사는 대역사大役事와 함께 진행된 이사였다. 하긴 집을 산 것이 이번이 처음은 아니다. 10여 년 전 산본 신도시에 조그마한 국민주택을 분양받아 입주했으니 집을 사는 것은 이번이 두 번째다. 그러나 당시는 오랜 기간에 걸친 주택청약저축에서 시작해 분양이라는 절차를 거치고 그러고도 2년인지 3년인지를 중도금을 꼬박꼬박 내며 기다리다가 장기저리의 주택자금까지 융자받아가며 입주했으니 나름대로 주생활住生活에 걸맞은 통과의례를 거친 셈이다. 그러나 이번의 주택 매입은 그에 비하면 전광석화처럼 이루어진 장사꾼의 매매 바로 그것이었다.

말하자면 돈을 주고 물건을 사는 것이다. 뻔한 것이기

68   나의 초라한 반자본주의

는 하지만 이 짓을 한번 해보고 나니 나도 사유재산 제도가 인정되는 자본주의 체제의 한 시민임을 새삼스럽게 느끼게 된다. 고층 아파트의 16층 베란다에서 탁 트인 전망을 바라보고 있으면 나도 저 액션 영화에서 은행을 성공적으로 털고 초호화 비치호텔에서 돈다발을 던져 올리며 쾌재를 부르는 멋진 갱스터의 마음을 느낀다.

그런데 갱스터치고는 확실히 조무래기인 모양이다. 아무도 죽이지 않았는데 나는 손에 피를 묻힌 느낌이 든다. 그리고 어느 곳에선가 나를 추적하는 FBI의 발걸음 같은 것이 느껴진다.

확실히 그렇다. 꼭 집을 산 것뿐만 아니라 낡은 집을 수리해 입주하는 과정에서 나를 지속적으로 사로잡았던 것도 내가 무언가를 저지르고 있다는 흉흉한 느낌이었다. 단지 너무 넓은 면적을 차지한다는 이유만으로 10년 이상 키워온 못생긴 소철의 모가지를 부엌가위로 비틀어 잘랐을 때, 또 18년 동안 써온 장롱을 붙박이 벽장으로 교체하기로 결정한 다음 날 아침, 놀이터 옆 공터에 다른 폐자재들과 함께 머쓱하게 서 있는 낯익은 장롱을 보았을 때, 나는 내가 파괴와 착취와 살육의 현장에 있다는 것을 새삼 깨달았다.

생각하면 우리의 이 평온한 일상은 바로 그런 파괴와 착취와 살육의 나날들이다. 어쩌면 환경주의자들은 이 점을 이해할 것이다. 우리의 평화는 이미 평화가 아니다. 우리의 번영도 번영이 아니고 우리의 세련됨도 이미 세련됨이 아니다. 우리는 거대한 '……척(pretend)' 속에 살고 있다. 너무 오래 ……척하느라 ……척한다는 사실마저 잊을 지경이 된 것이 바로 이 자본의 밤이다.

이사는 나의 이 망각을 일깨워주었다. 모든 방면에서 잠시 모든 것이 흔들리는 계기가 주어졌다. 이를테면 가족, 그렇고 그런 남편과 역시 그렇고 그런 아내와 세상 모르는 자식놈으로 구성된 나의 가족도 이사를 하면서 잠시 밑바닥을 보였다.

붙박이 벽장을 사기로 했는데 내가 왜 화난 것처럼 묻는 말에 대답도 하지 않는지 아내는 몰랐을 것이다. 그러니 씻지도 않고 자버린 이유를 더더욱 알 턱이 없다. 바가지를 긁어대도 이날만은 버티었다. 가구점 사내가 견적 뽑는 말을 듣고 광실이가 옆에서 "와!" 하며 혀을 내두르는 소리를 듣고 이 아이에게 미안했던 것도 밤새 골난 것처럼 꼬부리고 잔 이유 중 하나다. 이 아이의 아버지는 가난한 시골 동네의 목사님인데…… 아이에게 행여 상처나 주지 않았을까…… 전전긍긍.

문제는 여전히 나다. 아내는 핑곗거리고 애매한 희생이다. 오히려 이것저것 더 때깔 좋은 것을 고르기 위해 을지로 건자재 가게를 누비고 다녔던 내 꾸부정한 꼬락서니를 생각해보면 이 온갖 범행의 진정한 주범이 누구인지 자명해진다.

나의 초라한 반자본주의

이제 이사가 끝나고 전쟁이 끝난 것처럼 다시 평화가 찾아들었다. 모든 물건이 다 제자리를 차지하고 미처 정리하지 못한 것이라고는 책꽂이 하나를 폐기하느라고 안방 침대 발치에 그저 쌓아둔 몇백 권의 책뿐이다. 곧 정리될 것 같더니 뾰족한 대책이 나오지 않아 벌써 며칠째 저렇게 쌓여만 있다. 그 모양이 꼭 전쟁이 지나간 평화로운 들판의 전쟁 잔해와도 같다. 수일 내에 저것도 정리가 될 것이다. 그러면 모든 것이 아문다. 파괴와 착취와 살육을 안고 베이지색과 체리색으로 말끔하게 도장된 평화를 누리며 아무 일 없었다는 듯이 저 위장된 일상의 늪에 빠질 것이다.

그래도 잠시 나의 존재의 밑창을 본 것이 수확이라면 수확이다. 또 김수영의 잡힐 듯 잡힐 듯 잡히지 않던 난해시 「식모」가 이 한바탕 전쟁 끝에 잡힌 것도 역시 수확이다.

식모

그녀는 도벽盜癖이 발견되었을 때 완성된다
그녀뿐이 아니라
나뿐이 아니라 천역賤役에 찌들린
나뿐만이 아니라
여편네뿐이 아니라 안달을 부리는
여편네뿐만이 아니라
우리들의 새끼들까지도

아무것도 모르는 우리들의 새끼들까지도

그녀가 온 지 두 달 만에 우리들은 처음으로 완성되었다
처음으로 처음으로

나의 초라한 반자본주의

두 자매

　30대 초반 결혼을 하고 나는 아내와 서울의 경계선을 조금 벗어난 외곽도시 한 모퉁이에 살림을 꾸렸다. 아내는 결혼 전에 다니던 교회를 떠나 집에서 가까운 한 교회를 정해 다니기 시작했다. 나도 1년에 서너 번 아내를 따라 그 교회에 가곤 했다. 그러면서 적잖은 교회 사람들을 알게 되었다. 특히 아내의 새 친구들이라 할 수 있는 교회의 여자 집사님들을 몇몇 알게 되었다. 이런 주변 도시에 사는 사람들이 대부분 그렇듯 불안정한 직업에 매달려 어렵게 사는 사람들이었다. 그중에 아내가 정 집사님이라고 부르던, 아내와 동갑의 집사님 한 분이 아내와 특별히 가깝게 지냈다. 우리 집에도 자주 놀러 오던 그녀는 정이 많고 밝은 성격의 소유자였다. 초등학교 저학년에 다니던 큰딸과 취학 전의 둘째 딸이 그녀 주변을 종종거리며 뛰어다니던 기억, 아직 기저귀를 차고 있던, 유모차 속의 우리 형식이를 둘러싸고 두 아이가 귀여워 죽겠다는 듯이 집적거리며 놀던 기억 등이 아삼삼하다.

그녀의 남편은 조그마한 보일러 판매점을 하고 있었다. 그전에는 주로 집수리 같은 막일을 다녔는데, 조금 여유가 생겨 가게를 개업했다고 들은 것 같다. 언젠가 우리집 안방 보일러 배관에 문제가 생겨 그에게 일을 맡긴 적도 있었다. 그는 작은 키에 다부진 입모양을 가지고 있었는데, 허술한 차림새에 가려져 있어서 그렇지 이목구비가 뚜렷하고 무척 잘생긴 얼굴이었다.

그런데 얼마 지나지 않아 나는 아내로부터 정 집사님이 자주 남편에게 구타를 당한다는 말을 들었다. 술을 마시지 않으면 괜찮은데 술만 마시면 머리끄덩이를 잡고 주먹질 발길질을 가리지 않아 정 집사님이 불쌍하다고 자주 걱정하는 이야기를 했다. 그러고 보니 언젠가 교회에서 앞머리로 멍든 눈을 가린 채 남들의 시선을 피하던 모습을 보기도 했던 것 같다. 그녀의 집은 우리 집에서 불과 100미터 정도밖에 떨어져 있지 않았기 때문에 이런 소문이 더 빨리 들릴 수 있었던 것인지도 모른다. 나는 그녀의 정열적인 눈매와 어두운 구석이라고는 전혀 느껴지지 않는 활발하고 긍정적인 표정을 생각할 때 이런 소문이 더욱 마음이 아팠다. 차분하고 얌전해 보이던 그 양반에게 무슨 문제가 있어서 그토록 술을 마시고 착한 아내에게 손찌검까지 하는 것일까 생각하니 마음이 답답했다.

그러던 어느 날 밤, 아내도 나도 깊이 잠들어 있던 심

나의 초라한 반자본주의

야에 갑자기 집이 어수선해졌다. 나는 여전히 잠이 덜 깨어 비몽사몽으로 누워 있었고 아내가 무슨 낌새를 차렸는지 잠옷 바람에 급하게 바깥으로 나갔다. 대문소리, 발소리, 수런거리는 소리가 들리고 잠시 후 아내가 다시 방으로 들어오더니 "정 집사님네 집에 가봐야겠다"는 말만 하고 황급히 옷을 챙겨입고 나갔다. 나는 다시 어설픈 잠에 빠져들었던 것 같고 약 1시간쯤 더 지나서야 아내는 파김치같이 늘어져 다시 방으로 돌아왔다. 자초지종인즉 정 집사님네 두 딸이 내복 바람으로 우리 집으로 달려와서 울면서 아빠가 엄마를 죽이려 한다며 발을 동동 굴렀다는 것이다. 20년도 넘은 일이라 나는 그날 밤 들었던 것을 자세히 기억할 수 없다. 다만 아이들이 가엾어 상황이 그러면 아이들을 우리 집에서 재워 보냈어야 하는 것 아니냐고 물었던 것 같고 아내는 사정이 그렇지 않아 어찌어찌 그 상황을 잠재우고 다시 돌아왔다며 안타까운 한숨만 거듭했던 것 같다.

그날 아내로부터 단지 말로만 들은 그 상황은 어쩐 일인지 내 뇌리에 생생하게 남았다. 어렸을 적 나도 아버지의 술주정이 한없이 무서웠다. 어느 날은 상황이 잠들 때까지 마루 밑에 숨어 있다가 거기서 잠든 적도 있었다. 그 원색의 공포를 아는 나로서는 그날 밤 아버지의 무자비한 폭력 앞에서 그 아이들이 울부짖던 모습이며 내복 바람으로 밤거리를 달려오던 모습이 마치 내가 직접 보기라도 한 듯이 마음 깊은 곳에 영상으로 남았다. 훗날 나는 교회에서 아이들의 표정을 주의 깊게 살펴보았지만 아이들이라 그런지 표정이 쉽게 관찰되지 않았다. 단지 약간 말을 더듬기도 했던 큰아이의 얼굴에서만 다소 어두운 무언가가 엿보였다. 작은 녀석에게서는 그런 점마저 별로 엿보이지 않았다. 작은 녀석은 언니에 비해 활발했고 의사표현이 분명했다. 그것을 주어진 상황에 대한 반항적 기미로 본 것은 다만 나의 주관적 해석이었을 것이다. 아이들이 중학생이 된 모습이 전혀 내 기억에 없는 것을 보면 아마 아이들이 4, 5학년 정도 되었을 무렵에 그곳을 떠나 서울로 이사를 갔던 것 같다. 서울로 이사를 간다는 것은 그 외곽도시의 초라한 삶의 수준에서 한 발짝 벗어나는 것을 의미했다. 그 때문에 그곳에 대한 낡고 흐린 기억 곁에는 늘 그곳 사람들에 대한 얼마만큼의 죄의식이 감돌게 되었다. 아내는 이사를 가고 나서도 그 교회를 다녔지만 나는 거의 가보지를 못했다. 나는 1, 2년에 한 번쯤 아내가 교회에서 들은 소식을 전해 듣는 것이 전부였다. 정 집사님 네도 가까운 어딘가로 이사를 갔다는데 우리의 경우와는 달리 아무래도 더 나은 환경을 찾아서 간 것은 아니었던 것 같다.

세월이 흐르고 어언 두 딸이 고등학교에 다니고 있다 하더니 곧 대학 진학을 하기가 어려워 기로에 서 있다는 소식을 들었다. 나는 말할 수 없이 안타까웠다. 그런데 얼마 후 아이들이 간신히 대학에 진학했다는 소식이 들렸

나의 초라한 반자본주의

다. 나는 안도했다. 나중에 들은 이야기지만 아이들이 대학에 진학하기까지 정 집사님의 혼신의 희생이 있었던 모양이다. 그리고 다시 몇 년 더 지나더니 또 안타까운 소식이 들렸다. 정 집사님 내외가 결국 이혼했다는 것이다. 놀랍게도 그 이혼은 두 딸이 강력히 종용한 결과라고 했다. 더 이상 아빠와 같이 살다가는 엄마가 죽을지도 모른다며 엄마를 눈물로 설득했다고 하니 그때까지도 그 양반은 술버릇을 고치지 못했던 모양이다. 정 집사님은 인천의 어느 공사장 주변 식당에서 일하며 혼자 살고 두 딸은 아빠와 함께 살기로 결정했다는 소식은 나의 마음을 아프게 했다. 엄마의 치맛자락 주변을 종종거리며 뛰어다니던 아이들은 어언 부모의 문제를 결정할 만큼 성장해 있었던 것이다.

그리고 또 얼마간의 세월이 흘렀다. 어느 무척 추운 날이었으니 크리스마스이브였는지도 모르겠다. 나는 모처럼 아내와 교회에 가서 예배를 마치고 막 차에 올라 복잡한 교회 마당에서 다른 차들이 빠지기를 기다리고 있었다. 아내가 차 쪽으로 오더니 정 집사님네 두 딸이 청년회 모임에 참석했다가 내가 왔다는 말을 듣고 인사하러 온다는 것이었다. 곧이어 두 아이들이 복잡한 차들을 비집고 내게로 왔다. 나는 차창을 내리고 아이들과 얼굴을 마주했다. 마지막으로 아이들 얼굴을 본 후 거의 10년이라는 세월이 흘렀다. 땟국이 흐르던 초등학교 아이들은 어느덧 졸업을 앞둔 대학생들이 되어 있었다. 오버코트 위로 길게 목도리를 드리운 아이들의 자태, 청춘의 대망待望과 자랑스러움으로 가득한 표정을 나는 감탄하듯 올려다보았다. 정 집사님의 다정다감하고 밝은 눈매며 저희 아빠의 잘생긴 얼굴을 물려받은 그 아이들 앞에서 나는 이들이 보낸 지난 10여 년과 그 과정에서 겪었을 사춘기의 고통을 끝내 짐작할 수 없었다. 아이들은 정말로 반가워했고 나도 반가웠다. 아이들은 우리 형식이의 근황을 물었던 것 같으나 나는 아이들 부모의 근황도 지나온 세월도 물어볼 수 없었다. 내가 할 수 있는 일은 그저 자랑스럽게 성장한 아이들의 모습을 올려다봐주는 것뿐이었다. 인사 후 아이들은 다시 저만치 청년회 멤버들이 둘러서 있는 곳으로 가 담소를 나누었다. 마침 흩날리던 눈발 사이로 두 자매의 먼 모습을 바라보던 나는 잠시나마 감당하기 어려운 감상에 젖었다. 일군의 청년들에 둘러싸여 무슨 화제론가 몸을 젖혀가며 웃는 두 자매의 정경 위에 나는 그 옛날 어둠을 뚫고 내복 바람으로 달려오던 눈물범벅의 어린 얼굴들을 겹쳐 보았다. 그리고 난데없이 인생이 아름답다는 생각, 이승의 삶에 대한 다함 없는 감사, 비극과 희극에 공히 내려진다는 신의 축복 같은 벅찬 상념에 휩싸여 핑그르르 도는 눈물을 간신히 억제해가며 서서히 교회마당을 빠져나왔다.

그날 우연히 교회 마당에서 두 자매의 장성한 모습을 보았던 것도 이젠 오래전의 일이 되었다. 그들이 머리를

나의 초라한 반자본주의

맞대고 인형처럼 매만지고 놀던 형식이가 벌써 스물여섯이니 아이들은 지금쯤 서른들이 훌쩍 넘었을 것이다. 어쩌면 다들 시집가서 아이들까지 있을지도 모르겠다. 오늘 아내의 권유로 두어 달에 한 번쯤 여전히 불성실하게 다니는 교회에 갔다가 갑자기 그 아이들과 그날 눈발 사이로 보던 환상과도 같던 자매의 모습 그리고 잠시 내 가슴에 격하게 밀려들던 삶의 눈물겨움과 아름다움 같은 것들이 조용히 회상되어 돌아오는 차중에서 아내에게 물어보았더니 이제는 아내도 그들 자매의 근황을 들어본 지 오래되었다고 한다.

우리들의 죄의식

나는 지방에서 중학교를 나온 다음 고등학교를 다니기 위해 서울에 올라왔다. 한 반 아이들 중에는 나처럼 지방에서 올라온 아이들이 적지 않게 있었다. 그들 대부분은 부모가 시골에서 농사를 짓거나 장사를 하거나 해서 간신히 서울에 학비를 부쳐주고 있었다. 대학에 가서는 이런 아이들이 훨씬 많았다. 우리는 시골에서 올라오는 정기적인 등록금이며 하숙비, 용돈 등을 향토장학금이라 부르며 그 자투리 돈으로 술도 마시고 당구도 치고 연애도 하는, 죄 많은 낭만을 구가했던 것이다.

사실 이 모든 것의 뒤에는 우리 부모들의 희생이 있었다. 어느 누구도 그것을 모르고 있지는 않았지만 우리는 짐짓 그것을 잊고 살았다. 아니 잊고 있었던 것은 아니지만 우리는 끊임없이 그 점을 외면하려 했기 때문에 무의식 속에서 우리는 부모에 대한 죄의식을 갖게 되었다.

최인호의 원작소설을 영화화한 〈기쁜 우리 젊은 날〉

에서 주인공(안성기 분)은 Y대학의 학생이었고 그의 아버지(최불암 분)는 대학교 바로 앞에 있는 재래식 시장에서 기름가게를 하는 상인이었다. 강의가 없는 시간에 주인공은 아버지의 가게를 찾아간다. 때로는 친구들과 같이 가기도 한다. 그러면 아버지는 기름을 짜다 말고 환한 웃음으로 아들과 그 친구들을 반긴다. 그는 그저 명문대학에 다니는 이 자식이 대견하고 자랑스러울 뿐이다. 이 영화를 본 것은 아주 오래전이지만 나는 이 부자의 격의 없는 모습을 보며 내 가슴속에서 괴로운 죄의식이 일던 것을 기억한다.

아버지도 가게를 하고 있었다. 영화 속의 최불암이 하던 기름가게보다는 약간 더 크고 더 부산했다. 1년 365일 중에서 휴일이라고는 설날밖에 없었다. 가게 문은 언제나 내가 일어나기 전에 열려 있었고 밤 11시는 되어서야 닫혔다.

겨울방학 같은 때에 친구들과 정신없이 놀다가 집에 들어가면 나는 먼저 추위에 떨고 있는 아버지와 어머니를 만나는 것이 고통스러웠다. 우리 집은 가게를 통해 집으로 들어가도록 구조가 되어 있었던 것이다. 아버지는 늘 아무 말씀이 없으셨고 두툼한 남자용 털점퍼에 실장갑을 낀 어머니는 퍼렇게 언 얼굴에 웃음을 띠며 "밥이나 먹고 다니느냐? 얼른 들어가 아랫목에 밥 넣어놓았으니 먹어라" 할 뿐이었다.

자식을 키우는 기성세대와 키워지는 세대 사이에 조성되는 세대 차이와 문화적 간극은 어느 시대, 어느 사회에서나 다 존재했다고 할 수는 있겠지만 20세기 후반의 우리나라에서처럼 그 낙차가 가파르게 조성된 경우는 민족사적으로나 세계사적으로나 유례없는 것이 아니었나 한다. 비단 나의 경우만이 아니라 우리의 아버지 어머니들은 대부분 영락한 옛 문화의 잔재 속에서 그 정신이 배태된 분들이라 할 수 있다. 그들은 물밀 듯 밀려오는 서구 문화를 목격하기는 했지만 그 정신에 참여하지는 못했다. 그 때문에 그들에게는 문화의 변동 자체가 극히 고통스러운 것이었다. 우위를 점하고 다가오는 새로운 문화는 그들을 철저히 소외시켰던 것이다. 그러나 우리는 엄습해온 새 문화의 맛을 구체적으로 느끼고 거기에 우리 영혼의 젖줄을 대고 성장해온 세대들이다.

　　이러한 변화는 20세기 벽두부터 시작해 지금까지도 끊임없이 진행되고 있지만 대체적으로 보면 국가건설 의지가 본격화된 4·19와 5·16 이후 10년 내지 20년이 어떤 의미에서 가장 고비였다고 생각한다. 우리의 아버지 어머니들은 우리의 영혼을 이끌고 유혹하는 새로운 세계관, 새로운 감수성을 우리와 함께 나누지 못했다. 그러나 함께 나누지 못하면서도 그들은 그 새로운 세계가 그들의 자녀들의 세계가 되어야 할 것임을 분명히 통찰하고 있었다.

　　그리고 그러한 통찰은 못 배운 설움을 자식들에게까지는 결코 물려주지 않겠다는 희생적 각오로 나타났다.

　　　　　　　　　　나의 초라한 반자본주의

등뼈가 휘도록 일을 하든지 아니면 논밭을 팔든지 어떻게 해서라도 자식들의 고등교육을 뒷받침하려 했던 그들의 각오를 나는 단지 당시의 세태나 그들의 개인적인 노고로만 여기고 넘어가서는 안 된다고 생각한다.

그것은 20세기 후반의 우리나라와 우리 민족이 세계 지도의 판도에서 새로운 위상을 점유하는 데에 기여한 민족적 각성의 일환으로 평가되고 기록되어야 할 사안이라고 생각한다. 그것은 일본 근대사에서 흑선黑船의 도래를 슬기롭게 판단하고 대처했던 조정 원로들의 지혜—일본 사학자들이 지금도 경의를 표해 마지않는—와 비견해볼 수 있는 무엇이 아닌가 한다.

돌이켜보면 70년대 후반부터 시작되어 80년대를 온통 풍미했던 저 민중주의의 특이한 강박성強迫性 속에도 우리 아버지 어머니들의 철저한 희생 속에서 배태된 새 세대들의 뿌리 깊은 죄의식이 움직이고 있었다. 희생된 세대를 그 희생에 의해 봉헌된 세대가 돌이켜 껴안고자 한 눈물겨운 노력은 바로 그 시대의 독특한 진실로 구현되었다. 그러나 그 죄의식의 본질을 담담히 직시하기에는 우리 자신이 너무 그것에 사로잡혀 있었기 때문에 '하나의 진실'을 더 큰 진실 가운데에서 정위시키려는 한 단계 위의 노력은 70년대와 80년대에 있어서 유난히 더 힘들고 고통스러웠던 것이라 생각한다.

이제 다시 그 세월이 지나고 2000년대의 문턱에 올라

섬에 따라 키우는 세대와 키워지는 세대 사이에 조성되었던 문화적 간극, 민족사상 초유의 그 가파롭던 위상차는 현저히 누그러들고 있다. 존 웨인이나 폴 사이먼에 젖어 육성되었던 세대들이 이제 새로운 아버지 어머니들이 되어 이미 만만치 않은 폭의 사회계층을 형성하고 있고, 그들은 디 카프리오나 야단스러운 헤비메탈 그룹에 젖어 육성되는 새로운 세대들을 다소 미심쩍은 눈으로 바라볼 뿐이다.

이제 바야흐로 우리들의 그 감당키 어려웠던 죄의식도 역사의 유물이 되려 하고 있다. 그리고 그 죄의식을 우리에게 심어주고 또 그 죄의식을 통해 사랑을 가르쳐준 희생의 세대, 우리의 아버지 어머니들은 하나둘 세상을 떠나고 있다. 문짝도 없이, 살을 에는 겨울바람에 노출된 가게에서 어디서 놀다 들어오는지 슬금슬금 눈치를 보며 들어오는 아들을 걱정스럽다는 듯이 바라보시던 나의 아버지도 지금은 고인이 되시고 말았다. 어머니는 손녀딸의 결혼식이 며칠이냐는 똑같은 질문을 오늘만 해도 스무 번이 넘도록 물어보신다.

역사의 확호確乎한 발걸음은 한 시대를 온통 휩쓸었던 진실의 모습까지도 거침없이 바꾸어가는 것이다. 이제 그때의 모습은 역사 위에서 다시 되풀이되지 않을 것이다. 그러나 모든 것이 그렇게 한갓되지만 내 마음에는 그분들의 고단하던 각오와 우리를 사로잡았던 그 죄의식만은 우리 시대와 우리의 육신이 다하더라도 어느 까마득히 오랜 무덤 속에서 발굴되는 녹옥綠玉의 소장품들처럼 어딘가에 남아 그 시퍼런 호흡을 변함없이 유지할 것만 같은 생각이 든다.

2부
상처는 세상을 내다보는 창이다

빈센트 반 고흐, 〈로열가(街)의 정경, 램스게이트〉, 1876년.

고향이라는 허물

고향을 생각할 때, 혹은 1년에 한두 차례 고향에 내려갈 때, 내가 느끼는 느낌은 늘 황량하고 쓸쓸한 것이다. 매미가 스스로 벗어놓은 허물을 지켜보는 심정이랄까. 고향은 그저 안쓰럽고 누추하고 가여운 모습으로 그곳에 있다.

나는 인구 10만 안팎의 조그마한 소읍에서 태어났다. 내가 자라던 시절의 소읍 모습은 이미 사라진 지 오래다. 정미소와 철물점과 이발소, 제재소 따위가 커다란 버드나무 그늘 속에 한적하게 늘어서 있던 길거리 풍경은 이제 가전제품 대리점이며 슈퍼마켓, 각종 브랜드의 의상실 따위로 바뀌어 있고 무엇보다 노변 주차된 차량으로 숨 쉴 틈 없이 복잡하다.

숭모네 엄마, 옥선이 엄마, 송죽루 할아버지, 배 노인 이런 분들이 다 세상을 뜨거나 어디론가 흩어지고 낯선 사람들이 저마다의 생계를 꾸려가느라 북적거리는 이 거리에 서면 나는 이곳이 어느 객지보다 더 낯설게 느껴진다.

추억 속의 고향을 생각할 때 나는 나의 정서 형성에 중요한 영향을 미치기도 했던 두 곳을 떠올리게 된다. 그 하나는 목성동 성당이고 다른 하나는 낙동강의 드넓은 벌판이다.

목성동 성당은 분지형의 시내 북단에서 누에머리처럼 돌출된 잠두산蠶頭山 위에 있다. 고딕 양식의 첨탑을 가진 이 붉은 벽돌 성당은 시내 어느 곳에서든 바라보였고 또 그 성당 앞에 서면 시내의 모든 곳이 한눈에 내려다보였다. 이 성당이 언제 지어졌는지는 나도 모른다. 내가 기억할 수 있는 가장 어린 시절부터 이미 그 성당은 그곳에 자리 잡고 있었다. 가게를 하던 우리 집에서는 가게 앞에서 고개만 들면 가장 알맞은 거리와 고도로 이 성당이 눈에 들어왔다.

성당으로 올라가는 길은 비탈지게 굽어 있었다. 그 길 한 모퉁이, 가파른 계단 위에 아기 예수를 안은 하얀 마리아 등신상이 서 있었다. 인적이 드물 때 그것은 좀 무서운 느낌이 들었다. 나중에는 없어졌지만 원래는 성당 옆에 따로 종탑이 있어서 종지기가 긴 밧줄을 잡아당겨 종을 울리곤 했다.

어렸을 적 나는 한 번도 성당 안에 들어가보지 못했다. 다만 출입문 유리창으로 발돋움을 하여 간신히 두어 번 텅 빈 성당 안을 들여다보았을 뿐이다. 예수께서 요한으로부터 세례를 받는 모습, 십자가를 지고 골고다 언덕을 오르는 모습 등 파스텔 빛깔로 칠해진 여러 장의 부조화가 붙은 성당 안은 늘 인적 없이 고요했다. 그 고요함은 성당 밖의 마당에 떨어진 햇살, 나지막한 측백나무 울타리 사이로 부는 바람, 멀리 시내에서 들려오는 한적하고 창백한 차소리 등과 함께 그곳을 언제나 특별한 무엇이 지배하는 장소로 뇌리에 깊은 인상을 남겼다.

낙동강은 집에서 걸어서 15분이면 닿는 곳에 있었다. 작은 철교 아래로 난 소로를 지나 강둑 위에 올라서면 소읍의 풍경과는 완연히 다른 자연의 아득한 모습이 전개된다. 뚝 아래로 길게 이어진 초지, 그 푸른빛이 끝나는 곳에서 막막하게 전개된 모래사장, 그리고 그 모래사장 너머 은빛을 반짝이며 동에서 서로 길게 걸린 강줄기, 그 너머 뿌연 산. 어렸을 적에는 단지 방아깨비와 달래와 개미귀신에 취하고 고무신 배로 모래를 실어 나르는 부질없는 놀이에 취해 있느라 모르기는 했지만 그 끝없는 벌은 무언가 영원한 것, 우리가 보고 느끼는 모든 것의 너머에 있는 또 다른 한 세상의 영상을 어린 영혼 속에 각인시키고 있었을 것이다.

그러나 추억을 떠나 고향의 현실에 돌아와보면 무엇보다 이 두 곳부터 커다란 변화를 겪었다. 성당은 지금도 그 산 위에 있기는 하지만, 시내 어느 곳에서도 성당을 바라보기가 용이치 않게 되었다. 곳곳에 삐죽삐죽 솟은 건물들 때문이다. 우리 집에서도 길 건너편에 지어진 한 신

용금고의 사옥에 의해 성당은 가려지고 말았다. 다행히 성당은 그 붉은 벽돌집을 유지하면서 그 긴 세월에도 거의 모습을 바꾸지 않았다. 다만 내가 자람에 따라 고향의 모든 것이 작아졌듯 성당의 모든 것도 작아졌을 뿐이다. 성당 앞 그 널찍해 보이던 마당은 사실 손바닥만 했고 그나마 주일이면 신도들이 타고 오는 차량으로 북적거려 그 옛날의 고요한 정취는 찾아볼 길이 없다. 내가 발돋움해 겨우 코를 댈 수 있던 출입문의 유리창은 지금 내 허리춤에 걸리고 있다. 하얀 베일을 쓴, 무언가 다른 세상 사람들 같던 신도들의 모습도 지금은 사뭇 달라 보인다.

낙동강은 더 많이 달라졌다. 소읍에서 불과 얼마 떨어지지 않은 상류에 세워진 다목적 댐은 소읍의 길거리보다 훨씬 높은 고도에 새로운 수면을 형성시켜 놓았다. 그것이 터지기라도 하는 경우에는 이 소읍은 순식간에 수중도시가 될 수밖에 없는 구도가 조성된 것이다. 시민들에게 댐은 자연스럽지 못한 산업시대의 인위적 환경으로 자리 잡았다.

내 키가 자라는 만큼 그 폭이 좁아졌던 강도 급기야 그 모습을 완전히 바꾸고 말았다. 강폭의 절반을 매립해 새로운 시가지를 조성하는 거창한 토목공사가 진행되었기 때문이다. 새로 조성된 강둑에 서서 바라보는 강물과 좁은 모래벌에서 나는 아무래도 그 옛날의 아득함 내지 영원함을 느낄 수 없다. 방아깨비도 송장메뚜기도 아이들

나의 초라한 반자본주의

먼 외침도 철교 밑으로 지던 저녁 해도 모두 거대한 흙더미 아래, 우리의 낡은 기억 아래에 묻히고 말았다.

고향은 없다. 고향은 다만 내 추억 속에만 있다. 지금 그곳에 있는 고향은 아버지의 헐벗은 무덤을 안고 늙은 어머니의 초점 잃은 퀭한 눈을 안고 오늘도 창백하게 낡아가고 있을 뿐이다. 푸른 숲 그늘을 노래하던 매미는 잠시 자신이 허물을 벗던 나무둥치, 그 메마른 허물 곁에 앉아본다. 한때는 그의 세계였던 허물, 여름과 녹음을 향한 꿈, 끝없는 비상의 꿈이 배태되던 허물은 이제 하얗게 바랜 흔적만으로 매달려 있다.

이 쓸쓸한 고향도 그렇게 벗어져 놓여 있다. 그 고향의 한 자락에 서서 나는 생각해본다. 어찌 고향만 그렇겠는가. 우리의 삶 자체도 언젠가는 벗어놓은 허물처럼 바랜 기억 속에만 남겨질 때가 올 것이 아닌가. 안쓰럽고 누추하고 가여운 것은 시간 속에서 태어나 변화를 겪고 이윽고 죽어가야 할 모든 존재의 피할 수 없는 운명일 것이다.

고요한 시간

도회지에서 살다 보면 조용한 장소에서 조용한 시간을 갖기가 쉬운 일이 아니다. 세상이 정신없이 돌아가느라 요즈음은 시골에 가더라도 웬만한 곳은 다 차소리, 각종 기계소리로 오염되어 있다. 오래전에 누가 어느 야산 기슭에 있는, 민가를 개조한 식당에서 닭고기를 사주겠다고 해서 따라간 간 적이 있었다. 거기서 참으로 오랜만에 완전한 고요를 경험하였다. 사랑채에 앉아 문을 열어놓고 있었는데 정말이지 솔소리, 바람소리마저 들리지 않는 완전한 고요였다. 그 순간은 누가 바늘을 떨어뜨렸어도 또렷이 들렸을 것이다.

"들어봐. 아무 소리도 들리지 않지?"

일행은 신기하단 듯한 내 말에 동의는 했지만, 그게 뭐 어쨌다는 거냐 하는 표정이었다. 그래도 내게는 그 순

나의 초라한 반자본주의

간이 두고두고 참으로 신기하고 특별한 경험으로 남았다. 그리고 일상생활의 공간에서 이런저런 소음에 시달리다 보면 그때의 그 절대 고요를 다시 한번 느껴보고 싶다는 생각을 종종 하게 된다.

그러나 역시 고요의 문제는 이렇게 데시벨로 측정될 수 있는 물리학적 차원의 문제는 아닌 것 같다. 아무리 시끄러운 세상이지만 조용한 장소와 조용한 시간을 구태여 찾자면 찾을 수 없는 것은 아닐 것이다. 그러나 그런 장소와 시간을 찾으면 뭐 할 것인가? 그 조용함은 이미 삶의 전체성에 건전하게 관계하는 조용함이 아니라 세상 훤화喧譁에 연루된, 아무런 역동적 의미를 지니지 못한 소외된 부분일 것이다.

옛날에는 그렇지 않았다. 조금 나이가 드신 분들, 산업화 이전에 전깃불이 금쪽같이 귀하던 시절을 기억하는 분들은 옛날의 밤이라는 시간이 어떤 고요와 깊이로 다가왔는지 회상할 수 있을 것이다. 그때는 밤이 고요하고 깊다는 것이 단순한 수사가 아니었다. 그때의 밤은 천장에서 쥐가 다니는 시간, 야경꾼의 딱따기 소리가 인적없는 골목길과 전봇대에 차갑게 반향하는 시간, 도둑들의 발소리가 들릴 듯한 시간, 어쩌다 켠 라디오에서 평양발 전문이 조마조마하게 들리는 시간, 이불깃이나 옆에 누운 사람의 내복이 따뜻하게 느껴지는 시간, 그리고 무엇보다 그 고요한 시간과 공간이 일상의 시공을 벗어나 멀고 아득한 우주 속으로 이어지는 듯한 저 무량無量한 느낌에 젖어 드는 시간이었다. 오늘날은 그러한 느낌이 원천적으로 확보되지 않고 있다.

그래서 그런지 요즈음은 조용하다는 말은 쓰지만, 고요하다는 말은 잘 쓰지 않는다. 말뜻에 분석적으로 접근해보더라도 조용하다는 말의 중심은 시끄럽다는 쪽에 있고 그에 대한 부정에서 어의가 성립하는 듯하다. 그러나 고요하다는 말은 고요 자체에 중심이 부여되어 있다. 그래서 단지 시끄럽지 않다는 소극적 의미가 아니라 무언가 적극적이고 능동적인 의미를 가지고 있다. 고요의 순간은 바깥에 쏠려 있던 우리의 의식이 온전히 회수되는 순간이며 의식이 일상적인 무언가로 치닫지 않고 그 발원지 근처에 무거운 안개처럼 머무는 순간, 그래서 제 자신을 좀 더 낯설게 의식하는 순간이다. 고요함 속에서 우리는 아무것도 듣지 않는 것이 아니라 오히려 무언가를 듣고 있다. 그것은 미세하게 가물거리면서 말을 걸어오는 존재의 소리다. 그래서 고요함 속에서 우리의 귀는 문을 닫는 것이 아니라 오히려 더 크게 열린다. 오늘날은 이런 체험 자체가 점점 불가능해지고 있고 그래서 고요라는 말 자체도 사멸해가는 과정에 있는 것 같다.

고요는 밤에만 있었던 것이 아니다. 내가 어렸을 때 어머니와 사촌인 노미 누나는 곧잘 툇마루 끝에 앉아 "서거프다"는 말을 하곤 했다. 서글프다는 말의 사투리로 보이는 이 말은 서글프다는 말과는 뉘앙스가 많이 다르다.

나의 초라한 반자본주의

설거지와 빨래, 집안 청소가 대충 끝난 시간, 아직 오종午
鍾이 불기 전, 마지막 빨래를 빨랫줄에 걸고 바지랑대로
받쳐 올리고 나면 툇마루에 오전 볕이 따스하게 드는 시
간이 온다. 이제 일도 끝나고 잠시 손이 쉬는 고요한 시
간, 따뜻한 봄볕이 장독을 달구고, 혹은 가을날이면 바지
랑대 끝에 빨간 고추잠자리가 앉을 듯 말 듯 맴도는 모습
을 넋 놓고 바라보는 그런 시간에 어머니와 노미 누나는
곧잘 이 "서거프다"는 말을 했던 것이다.

그것은 무언가 한가하면서도 쓸쓸하고 그러면서도 어
디에도 머무르지 못하고 서성거리는 마음의 한순간을 가
리키는 말이었다. 그 말에서는 삶의 고단함, 우리 존재의
황량함이 묻어나고 있었다. 그것은 일상적인 모든 관심을
거두어들임으로써 잠시 외로 된 우리 존재의 쓸쓸한 실체
를 의식했을 때 나오는 말이다. 그 순간은 우리의 의식이
크게 확장되는 순간이다. 그 고요한 순간에 우리의 의식
은 잠시 존재의 뿌리에 닿고 삶의 근원에 닿는다.

이 고요를 우리 시대는 잃어가고 있다. 그래서 의식이
존재나 삶에 총체적으로 접근하는 길도 대부분 막히고 말
았다. 의식은 항상 이것 또는 저것으로 향하고 있다. 의식
이 스스로를 돌아보고 그리하여 전체를 돌아보는 일은 희
귀한 일, 드물게만 발생하는 일이 되었다. 아니 그런 순간
이 있기는 하지만 우리는 대체로 그런 순간을 견뎌내지
못한다. 우리는 그런 순간이 다가오면 그것의 의미를 미

처 깨닫기도 전에 텔레비전을 켜거나 인터넷 접속을 하거나 잠을 자버린다. 고요 속에서 미세하게 가물거리는 속삭임에 귀를 기울이기를 우리의 의식은 이미 두려워하는 것이다. 우리의 존재는 늘 이것 또는 저것에만 관련되는 데에 길들여져 그러한 것들로부터 멀어지는 것을 공무空無의 낭떠러지로 떨어지기나 하는 것처럼 여기고 있다. 말하자면 의식의 물화物化, 존재의 물화가 깊숙이 진행되는 것이다.

유대인들이 안식일을 만들었듯이 일주일에 한 번씩, 안 되면 한 달에 한 번만이라도 고요의 날을 만들어 지내보면 어떨까? 그날은 텔레비전도 켜지 않고 컴퓨터도 켜지 않고 그렇다고 해서 낮잠도 자지 않고 마누라들은 바가지를 긁지 않고 거리에서는 차들도 쉬고 전철도 다니지 않고 포클레인도 고개를 처박고 단지 아기들 우는 것과 바람에 문풍지 떠는 것만 허용하면 어떨까? 아마 매우 생산적인 과정이 되어 사람들의 눈이 훨씬 맑아질 것이라고 나는 확신한다. 어쩌면 안식일을 만든 취지도 그 비슷한 어름에 있었는지도 모르겠다.

그러나 그게 불가능하니 대안은 우리 각자의 노력 속에서 찾는 수밖에 없다. 나는 이 소란한 세상 속에서 우리가 정신의 힘으로 그 고요를 얼마만큼이라도 회복시키는 것을 생각해본다. 현실적으로 가능한 것은 그것뿐이 아닌가 한다. 옛말에도 진짜 참선은 행선行禪이라 했고 진짜 은자隱者는 시정市井에 숨는다고 했으니 말이다. 사실 누

나의 초라한 반자본주의

구라도 그런 고요를 조금씩은 만들고 있고 알게 모르게 그 고요를 통해 영혼이 숨을 쉰다고 볼 수도 있다. 골똘히 생각에 잠기는 일은 누구에게나 있는 일이다. 누가 불러도 모르고 전철에서 다음 역 안내방송을 놓치고 네거리에서 파란불이 들어왔음에도 우두커니 서 있는 일은 결코 나만의 일은 아닐 것이다.

그 고요를 의미 있게 간직하려면 그에 따른 특별한 의식이 있어야 한다. 밀사가 스스로를 남다르게 의식하는 것은 그가 밀명을 가지고 있다는 것을 자각하기 때문이다. 우리가 확보하는 고요에는 삶의 밀명이 있다. 그 밀명을 전혀 깨닫지 못하거나 잘못 해석하면 고요는 부질없이 어른거리는 삶의 한 조각 음영에 지나지 않게 된다.

그것을 깨닫는 것은 어떤 의식적 노력에 의한 것은 아닌 것 같다. 구태여 말하자면 그것은 능동적인 것이라기보다는 고요 그 자체에 귀를 기울이는 소극적 성실성 같은 것이라 생각된다. 의식을 맑게 하고 귀를 기울이면 고요함 가운데에서 전해오는 존재의 소리를 들을 수 있다. 그것은 고요가 우리의 초라하고 어리석은 삶을 스치고 지나가는 소리다. 마치 나뭇가지에 이는 조그마한 소리가 보이지 않는 바람을 의식하게 하고 또 바람 속에 선 마른 나뭇가지를 더 새롭게 의식하게 하는 것과 같다. 그것이 무슨 특별한 사람의 특별한 능력에서만 가능한 것이라고는 생각하지 않는다. 오늘날의 속악함이 그것을 매우 어렵게 만든 것은 사실이지만 한때 그것은 툇마루 끝의 어머니와 노미 누나에게도 가능했던 일이기 때문이다.

핼리 혜성 이야기

　초등학교에 다닐 적에 나는 76년 만에 한 번씩 지구를 방문한다는 핼리 혜성에 대하여 배웠다. 내 나이가 선생님 나이만큼이나 되는 때, 엄두가 나지 않는 까마득한 미래에 오기로 되어 있다는 그 별을 본다는 것은 내가 어른이 된다는 것만큼이나 막막하게만 여겨졌다. 그러나 어린 마음에도 살다가 보면 언젠가 그날이 오겠지, 그날이 오면 어른이 된 나의 눈으로 그 별을 볼 수 있겠지 하는 막연한 기대가 있었다. 물론 나는 내가 실제 그 나이가 되어서 하늘 한번 쳐다보지 못하고 무심하게 그 별을 보내버리리라고는 꿈에도 생각하지 못했던 것이다.

　아니 결코 무심했던 것은 아니다. 1986년 핼리 혜성의 도래에 관한 언론 보도가 조금씩 나오면서 나는 저 오랜 기약의 별을 이제 드디어 보게 되는구나 하는 벅찬 감회를 느꼈다. 확실히 그것은 단순한 감회를 넘어서는, 어떤 의무감 같은 것이었다. 실로 그 별을 본다는 것은 한 어린 소년과의 거역할 수 없는 약속이었기 때문이다.

그러나 실제 그날이 가까워지자 보도는 점점 부정적인 쪽으로 흘러갔다. 한반도에서는 포항 지역을 제외하고는 제대로 관측할 수 없을 것이다, 전문가가 아니면 쉽게 포착하기 어려울 것이다 등 모든 것이 부정적인 쪽으로 가면서 나는 서서히 관찰을 포기하게 되었다. 혜성이 지구에 가장 가까이 접근한다는 날 저녁, 나는 관찰이 불가능하다는 사실을 새삼 확인하면서도 공연히 마음이 불안정하고 허전해서 좁은 거실을 왔다 갔다 하며 바야흐로 근일점을 지나고 있을 혜성을 아쉬운 마음으로 그려보는 수밖에 없었다. 실제 핼리 혜성이 지나간 며칠 후 언론에서는 전문가마저 잘 관찰하지 못했다고 보도했고, 나는 그것을 그나마 위안으로 삼았다.

어쨌든 한동안 그것은 단순한 아쉬움에 지나지 않았다. 그런데 핼리 혜성이 지나가고 몇 달 뒤 나는 어떤 일로 고향에 내려갔었는데 거기에서 이 문제가 새롭게 불거지게 되었다. 고향에 있는 친구 J를 만난 자리에서 우연히 그 혜성 이야기가 나오게 되었는데 이 친구에게도 나와 똑같은 어렸을 적의 기대가 있었다는 것을 알게 되었다. 그런데 이 친구는 나처럼 언론 보도에 쉽게 뜻을 접지 않고 비교적 거금을 들여 천체 망원경 하나를 사서 혜성 관측에 도전했다는 것이다. 새벽 몇 시쯤인가에 어느 쪽 하늘 몇 도 각도에 혜성이 관측되리라는 일부 보도만을 믿고 우리가 함께 다니던 중학교 뒷산에 올라가 새벽 3시인가 4시까지 혜성이 나타날 위치에 망원경을 들이대고 밤 하늘을 관찰했다는 것이다. 그때가 초봄이었기 때문에 어느 정도 추위를 예상하고 두꺼운 파카를 입고 갔음에도 그는 밤새 추위에 덜덜 떨지 않을 수 없었다고 했다. 물론 그 역시 혜성을 관찰하지 못했고 무거운 망원경을 메고 소득 없이 내려올 수밖에 없었다는 이야기였다.

평소에 말하기보다는 남의 말을 물끄러미 듣기를 좋아하고 소처럼 크고 순한 눈빛으로 가까이 흩어져 있는 친구들의 근황을 훼손되지 않은 순수한 고향의 억양으로 조용조용 들려주던 이 친구의 집념은 나를 부끄럽게 했다. 평소부터 나는 이 친구에게서 무언가 분명히 배울 점이 있다고 막연하게 생각해오던 터에 나는 그 실체 하나와 분명히 만난 느낌이었다. 어쩌면 나는 어렸을 적의 나를 너무 쉽게 배신해버린 것이 아닌가! 나 자신에 대한 30년 가까운 언약을 저버리다니!

핼리 혜성으로 인하여 생긴 마음의 부담은 그로부터 다시 세월이 지나고 1997년 헤일-밥 혜성이 다가온다는 보도가 나오자 다시 강박적인 것으로 발동하기 시작했다. 당시 나는 지방 근무로 경남 창원에 내려가 있을 때였다. 이번에는 허수히 보내지 않으리라 작정하고 나는 직장 동료이자 친구인 S를 반강제로 차에 태우고 해가 완전히 저물어 어둑어둑해진 주남저수지로 달렸다. 육안으로도 관찰이 가능하다는 보도에 따라 고향의 친구처럼 망원경을 구입하지는 않았지만 10배율의 쌍안경까지 목에 걸고 갔다. 그런데 저수지에 도착하자마자 차문을 열고 내리던 S가 소리를 쳤다.

"어 저거 아니야?"

과연 거기에는 쌍안경을 들이댈 필요조차 없는, 뿌옇고 긴 꼬리를 가진 별 하나가 서녘하늘에 멋지게 걸쳐져 있었다.

"맞아. 맞아. 헤일-밥이야."

우리는 육안으로, 쌍안경으로 저 장관을 영원히 각막에 새기기라도 할 듯이 보고 또 보았다. 지상에 존재하는 모든 물상物像과도 다르고 천상에 존재하는 온갖 성신星辰 가운데에서도 단연 이단자인 이 희대의 방문객은 유유히 그 검은 산 위를 거닐고 있었던 것이다.

헤일-밥을 보고서야 핼리 혜성을 무심히 보내버린 것에 대한 마음의 부담이 조금은 덜어지게 되었다. 그러나 생각하면 헤일-밥 혜성은 운이 좋아 우연히 본 것에 지나지 않았다. 그것은 나에게 '약속의 별'은 아니었다. 약속의 별, 꿈의 별, 핼리 혜성은 이제 영영 볼 수 없는 혜성이 되고 말았다는 것이 묘한 서글픔을 불러일으켰다.

　　　　　나의 초라한 반자본주의

놓쳐버린 이 별에서 인생이라든가 삶과 죽음이라는 숙명적인 이미지를 느끼는 것은 무슨 연유일까? 그것은 무엇보다 이 별이 인간의 한 생애와 맞먹는 76년이라는 독특한 주기를 지니고 있기 때문일 것이다. 만약 핼리 혜성에 마음이 있다면 혜성은 다시 지구 가까이 돌아왔을 때 그가 76년 전에 보았던 인류의 대부분이 무덤 속에 누워 있고 그들의 낯선 후손이 저마다의 행복과 슬픔 속에서 밤하늘을 올려다보는 광경을 고즈넉이 굽어볼 것이 아닌가. 그것은 고독 이전의 그로테스크한 적막함이 아닐 수 없을 것이다.

실제 핼리 혜성이 76년을 주기로 돌아올 것이라고 예언했던 천문학자 에드몬드 핼리Edmond Halley(1656~1742)는 과연 1758년 그의 예언대로 혜성이 돌아왔을 때 이미 고인이 되어 있었다. 이제 다시 이 별이 돌아올 2061년에는 누가 또 어떤 감정으로 이 별을 올려다볼 것인가. 개중에는 어쩌면 어렸을 적의 막막하던 꿈의 눈으로 올려다보는 사람들도 있을 것이 아닌. 그날에 내가 누워 있을 어느 산허리 위 짙푸른 밤하늘을 가로지르는 꼬리 긴 별의 모습을 마음속에 그려본다.

해리 골든의 수필집

　나는 소설이나 수필은 잘 읽지 않는다. 웬만한 소설이나 수필은 채 열 장을 넘기지 못하고 중단하고 만다. 그런데 미국의 유명한 수필가 해리 골든이 쓴 『생활의 예지』는 그런 점에서 극히 예외적인 것이었다. 물론 그것을 처음 읽은 것은 내가 스무 살인가 스물한 살인가 하는 새파란 나이 때였다. 하숙집 골방에서 뒹굴며 이 책을 보고 또 보던 당시 나는 많은 젊은이들의 경우처럼 까닭모를 청춘의 열병을 앓고 있었다. 청춘이 나에게 안겨주는 미숙의 부담 때문인지 그 책은 내게 노수필가의 여유와 담담함, 번득이는 재치와 세상에 대한 애정 어린 안목으로 비쳐졌다. 영혼이 피곤하고 일상이 갑갑할 때 나는 해어지고 해어진 이 페이퍼백 문고판 수필집을 이곳저곳 뒤적이며 안식을 얻곤 했던 것이다.

　그 책을 잃어버린 것은 20대가 거의 끝나갈 무렵이었던 것 같다. 낙제와 휴학, 제적, 복적, 군입대, 복학 등으로

　　　　　　　　　나의 초라한 반자본주의

어지럽게 이어지던 20대의 터널에서 간신히 빠져나와 사회생활이라는 새로운 단계에 진입하기 위해 그럭저럭 자신을 수습해가던 단계에서 나는 무슨 상징과도 같이 이 책을 잃어버린 것이다. 그 후 나는 다시 그 수필집을 보지 못했다. 그러나 그 수필집에서 반복해 읽었던 몇몇 내용은 살아가면서 내가 수없이 반추하는 소재가 되었다.

내가 아주 오랫동안 기억한 것 중 하나는 이 책의 맨 첫 작품으로 「여급에게 잔소리를 하지 않는 이유」라는 작품이었다. 노 수필가는 그 수필에서 우주의 크기와 별들의 거리에 대해 아주 자세하게 언급해놓았다. 이를테면 우주 공간의 수억이나 되는 유성이나 항성이 서로 충돌하지 않는 것은 우리의 생활 공간에서 수천 마일이나 떨어진 두 티끌이 충돌하지 않는 것과 같다던가 하는 식이다. 그리고 그런 수많은 우주세계에 대한 언급 끝에 그는 말하는 것이다.

"이 모든 것을 생각할 때 식당의 여급이 라이마콩 대신 강낭콩을 가져왔다고 잔소리를 하는 것은 어리석은 일이다."

또 이런 것도 있다. 젊은 시절부터 신문 스크랩을 하는 버릇이 있었던 그는 1차 대전이 전개되던 어느 날 영국 전함 햄프셔호와 함께 키치너 경이 서거했다는 신문기사를 그는 소중히 스크랩해 두었다. 그러나 정작 세월이 수십 년 흐른 후에는 오히려 그 스크랩보다 그 스크랩 뒷

면의 조각난 기사가 더 '역사적' 의미를 가지더라는 것이다. 키치너 경의 서거 기사 이면에는 내일부터 우유를 가게에서 국자로 퍼서 팔지 않고 포장된 위생병 속에 넣어 판매한다는 광고가 있었다는 것이다.

또 어떤 수필은 사람은 서서히 나이를 먹지만 내가 늙었다고 느끼는 것은 어느 날 문득 느껴진다는 점을 얘기하고 있다. 그리고 골든 자신은 스스로가 처음으로 늙었다고 느낀 시점이 어느 날 순경들이 모두 젊어 보이던 날이라 했다.

또 있다. 그것은 이 수필가가 본 영화 〈시민 케인〉을 소개한 것이었는데 신문 발행자로 거부가 되었던 케인이 눈을 감기 전에 "로즈버드Rosebud (장미꽃 봉오리)"라는 말을 무수히 되풀이하다가 죽었다. 이 사실이 알려지자 기자들과 편집자들은 그것이 무슨 뜻인지, 큰 기업과 관련이 있는 말인지, 숨겨진 애인의 이름인지 그 의미를 파악하기 위해 바쁘게 돌아다닐 때, 영화 장면에 오버랩되는 한 장면은 관객들에게 그것이 무엇인지 알려준다. 로즈버드는 그가 가난한 농가의 소년이었을 적에 그가 타던 썰매의 상표였다는 것이다. 이런 수필의 장면 장면이 20대 초입의 그 암울하던 하숙방의 기억과 함께 오래 나의 뇌리를 지배해왔던 것이다.

그러다가 몇 해 전이었다. 나는 새로 생긴 Y대형 서점에서 책도 사고 서점 구경도 할 겸 해서 들렀다가 참으로

나의 초라한 반자본주의

우연히 거의 20여 년 전에 잃어버린 이 수필집을 발견했다. 비록 깔끔하게 코팅된 표지와 손이라도 베일 듯 빳빳한 미색 모조지가 낯설기는 했지만 세로쓰기에 드문드문 한자가 박힌 옛 판형 그대로의 이 수필집이 바로 그 문고본의 모습으로 내 앞에 나타난 것이었다.

책을 사 들고 집에 와 나는 한 이틀에 걸쳐 이 책을 다시 읽었다. 그리고 나는 20년 내지 30년에 걸친 세월이 무엇을 어떻게 바꾸어 놓았는지를 절실히 깨닫게 되었다. 우선 노 수필가로 기억하던 해리 골든은 그 수필들을 쓸 당시는 '노' 자를 붙이기에는 약간 이른 나이였던 것으로 드러났다. 또 그의 아름다운 작품들은 번창일로에 있던 미국사회의 낙관주의와 연관이 있는 것으로 보였다. 소재를 바라보는 그의 재치 있는 눈이나 여유 있는 유머는 때때로 지나치게 계산되어 있다는 느낌도 받았다. 그 때문에 나는 그의 기지 있는 문장을 내내 불안한 심정으로 읽지 않을 수 없었다. 그래서 그런지 칼 샌드벅과의 만남을 서술한 한 글에서는 그가 샌드벅의 권위를 이용하는 것이 아닌가 하는 의혹마저 들었다. 그가 유대인이라는 사실은 책의 곳곳에서 반복적으로 밝혔음에도 어떻게 나의 기억에는 조금도 남아 있지 않은지도 의아스러웠다.

다시 읽은 그 책에서 내가 얻은 것이라고는 아무것도 없었다. 무엇이 변한 것일까? 좋은 의미에서 내가 성숙한 것일까? 아니면 세상을 바라보는 나의 눈이 그 옛날의 순진함을 읽어버린 것일까? 혹은 그가 제시하는 세계가 더 이상 내 영혼의 위안이 되기에는 내 영혼의 조건이 달라진 것일까?

구태여 책을 다시 산 것을 후회하지는 않았지만 나는 책을 잃어버린 후 이 책에 대해 지니고 있었던 기억의 순수함으로 되돌아갈 수는 없게 되었다. 말하자면 골든의 수필집은 20대 초반의 내 황무한 의식에 떨어진 한 알의 씨앗이었고 그 씨앗은 책을 잃어버리고 있던 기간에 걸쳐 저 나름의 회억의 논리에 따라 멋대로 자라고 가지를 뻗었던 것이다.

해리 골든의 수필집은 내 서가의 한 모퉁이에서 다시 세월의 먼지를 맞고 있다. 그것은 마치 내 20대의 고뇌와 방황이 이제 더 이상 오늘의 현실에까지 반향을 보내지는 않는다는 것을 선언하는 것처럼, 세월 저쪽에, 벗어놓은 허물처럼 놓여 있다. 그것은 무슨 상실의 징표 같기도 하지만 또 어떻게 보면 홀가분한 정리의 징표 같기도 하다. 아마도 그 양의를 함께 가지고 있겠지만 나는 아직 그 양의를 조화롭게 일치시키지 못하고 있다. 마치 내 기억 속의 저 너풀거리는 낡은 수필집과 코팅된 표지의 새 수필집이 내 감수성 속에서 영영 하나의 실체로 일치되지 못하듯이.

나의 초라한 반자본주의

헌책 이야기

헌책을 사는 재미도 이젠 옛이야기가 되었다. 웬만한 책들은 새책 가게에 가면 거의 다 살 수 있기 때문이다. 절판된 책이 있기는 하지만 이 경우에는 헌책 가게가 눈에 띄게 줄어들어 헌책을 구입한다는 것 자체가 아주 어렵게 되었다. 어쩌다가 만나는 헌책 가게에 가보면 대여 중심으로 운영되는 것이 보통이다. 또 얼마 남아 있지 않은 청계천의 헌책 가게들도 대부분 대학생의 학습교재나 아동도서가 주종을 이루고 있다. 다양한 종류의 헌책들이 호기심을 자극하며 즐비하게 꽂혀 있던 모습은 이제는 좀처럼 찾아볼 수 없는 광경이 되었다.

자신이 간절히 원하던 책을 헌책방에서 찾았을 때의 기쁨은 헌책방을 출입해본 사람이라면 누구나 경험하는 것이다. 그러나 왜 그 경우에 기쁨이 일어나는가 하는 것은 아주 개별적이고 구체적인 조건하에서 이루어지기 때문에 그것을 단순하게 남에게 이야기하면 아무도 같은 정도로 공감해주지를 못한다. 이를테면 대학에 다닐 때 김형석 교수님께서 유럽에서도 구하지 못했던 E. H. 곰브리치의 *History of Art*를 청계천의 한 헌책방에서 우연히 구했을 때의 기쁨에 대해 이야기하신 적이 있었는데 "정말로 좋으셨겠구나" 하는 정도지 그 기쁜 마음이 그대로 느껴지지는 않았다. 기쁨이 느껴지는 것은 당시 그 책에 대해 가지고 있던 기대의 간절함과 그것을 충족시키지 못하고 있던 기간의 오램 등이 다양하게 상승작용을 해 만들어지기 때문이다.

내게도 물론 그런 경험이 있다. 기억나는 한 책은 김윤수金潤洙 선생의 『한국현대회화사韓國現代繪畫史』다. 1975년 한국일보사에서 간행된 이 조그만 문고본은 한국 미술사에 깊이 빠져 있던 80년대 중반, 원동석의 미술 평론집 『민족미술의 논리와 전망』에서 소개받았던 것이다. "일제 시기의 근대로부터 모더니즘에 오기까지 역사적 시각에서 총체적으로 예술정신을 비판하고 있는, 비평방법의 전환기를 가름하는 의의 있는 역저"라는 원동석의 평가와 일부 인용문에 자극을 받았던 모양이다. 그러나 이미 새 책방 어디에도 그 책은 남아 있지 않았다. 청계천 일대를 다 돌아다녔지만 역시 구하지 못했다. 내가 그 책을 만난 것은 그 책을 구하는 것을 사실상 포기하고 마치 이 세상 어디에도 그 책이 있을 것 같지 않은 느낌을 가지고 있던 때였다. 서울역 인근 어느 헌책방에서 책 구경을 하다가

　　　　　　　나의 초라한 반자본주의

우연히 그 책을 발견했던 것이다. 오래된 책이라 정가 200원보다 100원이 더 많은 300원을 달라고 했지만 나는 서점 주인이 당장이라도 "아니오. 그 책은 워낙 희귀본이라 팔 수 없소" 할 것만 같아 서둘러 돈을 치르고 도망치듯 서점을 나왔다. 마치 귀중한 보물을 훔쳐 가지고 나오는 듯한 느낌이었다.

물론 이렇게 증폭된 기대를 걸었던 책이 다 오래 기억에 남거나 결정적 영향을 준 책은 아니다. 김윤수의 그 책도 공들여 구한 것에 값하는 책이기는 했지만 나는 그 책을 다 보지는 않았다. 또 지금 내 서가에서 특별히 더 빛을 발하는 것도 아니다. 한국 미술사에 대한 관심 자체가 이미 내게 있어서 오래전의 관심이 되어버렸기 때문이다. 생각하면 중요한 것은 구하려는 책에 있었다기보다 그 책에 대한 기대를 가지고 그것을 구하려고 애쓰던 나의 마음속에 있었던 것이 아닌가 한다.

조금 다른 경우도 있다. 내가 문학이라는 것에 대해 눈뜰 무렵, 대부분의 내 또래 아이들은 백수사白水社 간행의 『한국단편문학전집』전 5권을 통해 문학에 대한 욕구를 충족시키고 있었다. 그래서 헌책방에서 책을 보다가 이 『한국단편문학전집』만 보면 무슨 아득한 고향의 모습을 보는 듯한 감회와 친근감에 젖곤 했다. 그런데 어떤 기회에 나는 이 5권짜리 전집이 원래 『한국단편소설전집』이라는 이름으로 3권이 나왔던 것인데, 워낙 반응이 좋고 잘 팔리자 해방 이후 신진 작가들의 작품을 추가해 5권으로 확대한 증보판임을 알게 되었다. 그것을 알게 되자 내가 보지 못한 그 3권짜리 초판, 해방 이전 작가들의 작품만으로 만들어졌다는 전집이 못내 궁금해졌다. 급기야 그 궁금증은 내가 보지 못했다는 점, 또 내 선배들이 보던 것이라는 점, 더 나아가서는 우리나라 최초의 문학전집이었다는 점에서 점점 신비롭고 전설적인 이미지를 띠어가게 되었다. 그 책을 우연히 청계천 헌책방에서 만난 것은 불과 2년 전 어느 날이었다. 요즈음은 좀처럼 들르지 않는 청계천 헌책방에 우연히 들렀다가 '이곳은 무조건 천 원'이라고 써붙인 잡동사니 코너에 그 초판본 3권이 얌전하게 쌓여 있는 것을 본 것이다. 비록 누렇게 색이 바래기는 했지만 보존 상태는 아주 양호했다. 속표지에 화려한 인장이 셋이나 찍힌 것을 보면 원래의 소장자는 꽤나 애서가였던 모양이다. 이 책은 지금 내 서재의 책꽂이들 중에서도 유리문이 달린 책꽂이 안에 소중히 모셔져 있다.

후자의 경우가 조금 더 발전되면 고서나 기타 희귀도서 수집 취미가 될 것이다. 그러나 나의 경우 원칙적으로 그런 취미는 없다. 읽기 위해서가 아니라 단지 귀중한 책이기 때문에 산 것이라고는 이 『한국단편소설전집』 외에 내가 초등학교 다니던 시절에 배우던 국어 교과서와 사회 교과서를 얼마 전에 권당 만 원 가까이 주고 산 것이 고작이다. 그것도 엄밀한 의미에서 보면 나의 성장기와 특별

한 인연이 있어 산 것이니 일반적인 컬렉션 차원이라고
보기는 어렵다.

　개인적으로는 책의 아우라Aura에 특별한 의미를 부여
하고 싶지 않다. 오히려 책에 대하여 지나치게 연연하는
자세를 조금은 경멸하는 편이라고 하는 것이 옳을 것이
다. 왜냐하면 추구해야 할 궁극적인 모습은 책의 길을 다
섭렵하고 나서 그것이 일소된 내 한 몸에서만의 성취라고
굳게 믿어왔기 때문이다. 불교적인 생각이고 또 효봉 스
님이 법정 스님에게 『주홍글씨』를 불살라버리게 한 것과
도 어느 정도 이어질 수 있는 생각이다. 책을 지나치게 좋
아하는 것을 서음書淫이라고 하여 경계했던 고인들의 자
세도 어느 정도 연관이 있을 것이다.
　그러나 어떤 책 한 권을 구하기 위해 이곳저곳 헌책방
을 뒤지고 다니던 그 막연하던 열정이 요즈음은 그 못지
않게 의미가 있는 것 같다. 그것은 내가 어느 결에 책에
대한 젊은 날의 저 지향을 잃고, 인류의 앞선 고민과 숙려
에 대한 정당한 평가와 존경을 잃고, 나태에서 비롯된 안
주, 그 안주에서 비롯된 지적 교만에 빠져 있는 것은 아닌
가 하는 생각을 아니 할 수 없기 때문이다. 사람이 나이를
먹으면서 갖게 되는 저 '통빡'이라는 징그러운 지혜가 나
의 머리에도 피하지방처럼 쌓이고 있는 것은 아닐까? 그
것이 정당한 안목과 감수성을 가로막는 것은 아닐까?
　책 그 자체에 지나치게 덕지덕지 의미와 가치를 갖다

붙이는 것도 피해야 할 일이지만 지혜를 담고 전달하는 책의 의의를 얼치기 선승처럼 근거 없이 무시하는 것도 바람직한 일은 아닐 것이다. 책은 어디까지나 책이다. 책 이상도 책 이하도 아니다. 책이 너무 가볍게 취급되는 것은 책이 물건으로, 무엇보다 상품으로만 취급되는 자본주의의 천박한 풍토 때문이다. 책을 가지는 것은 돈이 아니라 책에 대한 열정, 다시 말해서 책 속의 길에 대한 갈구이어야 할 것이다. 그래서 때로는 좋은 책은 돈으로 살 것이 아니라, 그 옛날처럼 수백 리 수천 리를 찾아가서 경건한 마음으로 필사하는 그 정성으로 구하게 했으면 좋겠다는 생각마저 든다. 아니 꼭 그렇게야 할 수 없지만 책에 대해서만큼은 지금보다 구하기가 좀 힘들어져서 청계천 5가에서 7가까지의 다리품 정도는 팔아서 얻게 되었으면 좋겠다는 생각이다. 말하자면 책에 관한 한 지금보다는 저 수십 년 전의 세상 환경이 내게는 더 균형이 맞는 것처럼 여겨진다.

파울로 프레이리의 *Pedagogy of the Oppressed* 같은 해적판 원서를 단지 그것이 당국에 의해 압수 조치되었다는 사실만으로 기를 쓰고 구하러 다니던 일도 돌이켜 생각해보면 우리에게 알려져 있지 않던 새로운 관점에 대한 간절한 지향 때문이었다. 스스로를 기꺼이 미숙未熟으로 규정하고 더 성숙된 안목, 더 완전한 조망을 찾아 마음껏 헤매고 허우적거리던 것이 그 어설픈 겉모습에도 불구하고

나의 초라한 반자본주의

진리에 훨씬 가까이 있었다는 사실을 요즈음은 아쉬움 속에서 자주 생각해보게 된다. 그리고 진리는 결코 충족이 아니라는 사실을 허전한 그리움 속에서 다시금 수긍하지 않을 수 없게 된다.

꿈꾸던 날의 우상

Y를 처음 만난 것은 초등학교 5학년 때였던 것 같다. 새까맣고 부스럼 딱지가 푸스스한 우리들 사이에 얼굴이 하얗고 말수가 적고 눈동자가 총명한 아이 하나가 나타났다. 대구에서 전학 온 아이라고 했다. 그는 공부를 잘했다. 나는 그 차이를 크게 의식하지는 않았던 것 같다.

그러나 중학교에 가니 갑자기 그 차이가 매우 중요한 것이 되었다. 그는 내가 부러워하지 않을 수 없는 많은 요인을 가지고 있었다. 대충만 열거해보아도 그렇다. 우선 그는 계집아이처럼 흠잡을 데 없이 말끔하게 생겼다. 지방 소도시에서 어설프게 자란 우리들과는 도무지 비교가 되질 않았다. 그러나 그보다 더 부러운 것은 그의 어머니였다. 언젠가 한 번 그의 어머니가 학교에 온 적이 있었는데 우리는 수업을 듣다 말고 복도에서 교실 안을 기웃거리는 그의 어머니를 넋을 놓고 바라보았다. 올림머리에 여우목도리를 한 그의 어머니는 영화배우처럼 예뻤다. 장사하기에 바빠 몸뻬 바지를 자주 입던, 뚱뚱한 우리 어머니가 갑자기 부끄러워졌다. 그날 이후 나는 30분이 넘게 걸리는 등굣길 내내 당시 〈푸른 하늘 은하수〉라는 영화에서 보았던 영화배우 김지미가 사실 나의 생모이고 뚱뚱한 우리 어머니는 어떤 불가피한 사정으로 나를 맡아 기른 양어머니라는 골격으로 엄청나게 복잡하고 현란한 백일몽을 그리곤 했다.

그의 집은 깨끗한 한옥이었다. 마당 저편 화단에는 꽃들이 환하게 피어 있었다. 특히 잎이 크고 꽃이 화려한 칸나가 인상적이었다. 빈 상자들이 어지럽게 뒹굴고 있는 누추한 우리 집과는 역시 비교가 되지 않았다.

우리는 밤샘 공부를 한다고 종종 그의 집에 모여 시끌벅적하게 놀곤 했다. 3학년 때는 이 밤샘 공부에 '스포츠 담배'와 포도주가 등장하였다. 물론 호기심 차원이었지만 그것도 Y가 주도하였다. 그의 아버지는 당시 고등학교 영어 선생님이었지만 우리의 가당치 않은 짓거리에 대해 일체 간섭하지 않으셨다. 어느 아침에는 우리들이 빈 포도주병과 함께 어지럽게 누워 자고 있는 사이를 그의 아버지가 유유히 들어와 장롱에서 넥타이를 골라 매고 나가는 것을 곁눈질해본 적도 있었다. 그는 어린 나이에도 불구하고 그의 아버지로부터 자신의 모든 생활을 완전히 일임받고 있는 것처럼 보였다. 그것도 부러웠다.

그와 나는 같은 문예반 활동을 했는데 그가 쓰는 시는 내용에서나 감각에서나 대체로 나를 앞서고 있었다. 한번은 문예반 선생님이 둘을 부르시더니 "너희들 집에 써놓은 시나 산문이 있으면 가지고 오라"고 하셨다. 그래서 갖다 드렸더니 며칠 후 우리를 다시 부르셨다. 선생님은 Y에게 계속 열심히 시를 쓰라고 하셨고 나에게는 "너는 아무래도 산문을 쓰는 것이 낫겠다"고 하셨다.

산문보다 시를 주로 써왔던 나에게는 뼈아픈 말이었다. 그러나 어쩔 수 없었다. 나는 기껏해야 사춘기 초입의 아스라한 감수성을 형상화하는 수준에 지나지 않았지만 그의 시는 이미 어떤 '인생'을 말하고 있었다. 당시 학교 신문에 실렸던, 지금도 기억나는 그의 시에는 '노인'이라든가 '정신병원' 같은 묵직한 용어가 자리 잡고 있었다. 한번은 그가 자기 시에서 '순종'이라는 용어를 사용한 적이 있었는데 나는 집에 돌아와 몰래 국어사전을 찾아보고서야 그 의미를 알았다. 항상 그는 나보다 더 많은 것을 알고 있었다.

중학교 2학년 때는 대구적십자사에서 주최하는 백일장에 둘이 나란히 참여한 적이 있었다. 그는 시를 썼고 나는 산문을 썼다. 제시된 제목이 시는 '대열'이었고 산문은 '길'이었다. 백일장을 끝내고 돌아오는 열차 안에서 문예반 선생님은 둘에게 어떤 내용으로 썼는지를 물어보셨다. 특히 '대열'이 시제로서는 다소 어려웠을 텐데 혹시 4·19혁명 대열 같은 것에 관해 쓰지 않았느냐고 물으셨

나의 초라한 반자본주의

던 것 같다. 그러자 Y는 약간 더듬거리는 말투로 이렇게
말했다.

"인간이 살아가는 것, 생애 그 자체가 하나의 대열이
라고 볼 수도 있겠지요."

그 말을 듣고 초등학교 시절 과외공부하러 다니던 저
녁 밤길의 무서움에 대해 썼던 나는 부끄러운 생각에 간
을 졸여야 했다. 선생님이 내게도 물었었는지 내가 무어
라고 대답했었는지 기억은 나지 않지만……

중학교를 졸업하고 우리는 나란히 서울로 올라왔다.
우리는 서로 다른 고등학교에 진학하였다. 학교가 달라졌
기 때문에 우리는 자주 만나지 못했다. 그런데 자주 만나
지 못하게 된 더 큰 이유는 다른 데 있었다. 소문으로 들
은 것이지만 영어 선생님이셨던 그의 아버지가 학교를 그
만두고 어떤 사업을 하다가 실패해 더 이상 그를 지원해
줄 수 없을 정도로 집안이 어렵게 되었다는 것이다. 그는
경제적으로 자립하지 않으면 안 되었다. 그래서 그는 가
정교사 등으로 스스로 학비와 생활비를 벌어서 생활해 나
갔다. 말하자면 고등학교 때부터 그는 내가 상상도 하기
어려운 완전 독립 단계에 들어갔던 것이다. 그래도 가끔
만날 때 그는 자신의 어려움 따위를 이야기하는 적이 없
었다. 그는 여전히 깎아놓은 듯이 깔끔한 외모와 한 단계

더 높은 곳에서 모든 것을 바라보는 듯한 눈빛으로 우리들이 어설프게 벌여놓은 화제 사이에 무언가 의미 있는 한마디를 툭 던져 나를 긴장시키곤 했다.

그를 자주 만나지 못했던 고등학교 시절에 나의 상상력은 점점 그를 나의 우상으로 만들어갔던 것 같다. 그는 도무지 허점이 보이지 않았다. 그의 단정함, 끝 간 데를 알 수 없는 사고의 범위, 타고난 귀족성, 어른스러움, 이런 것들이 엮어내는 막막하면서도 추상적인 범주는 내가 결코 좇아갈 수 없는 어떤 신분적 차이처럼 느껴졌다. 고등학교 때 쓴 몇 편의 습작 단편소설에서 내가 등장시킨 주인공은 대부분 Y의 이미지로부터 그 형상을 부여받고 있었다. 주인공의 이름에도 항상 영희英熙 같은 여자이름이 부여되곤 했다. Y의 이름이 바로 여자이름이었기 때문이다.

그 후 세월이 두서없이 지났다. 우리는 고등학교를 졸업하고 재수를 하고 대학에 들어가고 군대에 가고 저마다의 청춘의 긴 터널을 온몸으로 지나고 있었다. 그를 만나는 기회는 점점 더 줄어들었게 되었다.
그사이에 나는 나대로 청춘의 시련을 겪고 있었다. 휴학, 제적, 복적 등으로 엎치락뒤치락하는 가운데 어느덧 나의 주된 관심은 문학을 떠나 철학과 종교학 쪽으로 기울어갔다. 당시의 생각이지만 문학은 철학이나 종교에 비

나의 초라한 반자본주의

해 진리를 추구함에 있어서 너무 간접적이고 우회적이라고 생각했다. 나는 인간과 세상의 숨겨진 모습이 보고 싶었다. 그런 마음이 청춘을 더욱 몸부림치게 만들었던 것 같다. 그 기간에도 그는 여전히 나의 우상이었다. 내가 지향하는 지혜와 의연함과 존재의 완벽함에 대한 형상形狀한 모퉁이에는 항상 그가 있었다. 내 몫의 몸부림을 다 하고 나면 나도 언젠가는 Y처럼 의연할 수 있을 것 같았다.

그런 모색이 뚜렷한 결과도 얻지 못한 채 겨우 그 비틀걸음을 수습해 가고 있던 20대 후반의 어느 날, 나는 학교 근처에 있는 한 찻집에서 참으로 오랜만에 Y를 다시 만났다. 무슨 일 때문이었는지는 모르겠다. 하여튼 우리는 20대 후반의 제법 노숙한 청춘이 되어 찻잔을 사이에 두고 마주 앉았던 것이다.

오래 만나지 못했던지라 그의 얼굴에도 많은 것이 지나간 흔적이 엿보였다. 우리는 무슨 이야긴가를 나누었다. 물론 어떤 대화였는지는 기억나지 않는다. 무언가 당시 내가 깊숙이 빠져 있던 어떤 생각을 그에게 들려주고 있었던 것 같다. 나의 이야기를 조용히 듣던 그가 불쑥 이런 말을 던졌다.

"그런데 이 세상에 과연 절대적이라는 것이 있겠어?"

나는 지금도 그의 이 한마디가 어떤 문맥 가운데에서

나온 것이었는지 기억해내지 못한다. 또 설혹 기억해낸다고 할지라도 그 한마디가 그에게 있었던 변화를 입증할 어떠한 증거도 되지 못할 것이다. 그러나 그 말을 하는 그의 다소 피곤한 듯한 표정을 바라보았을 때, 그리고 그와 헤어지고 나서 신촌 로터리를 걸어 나올 때, 나는 그가 이제 더 이상 나의 우상이 아니라는 사실을 아프게 받아들여야 했다. 확실히 그날의 대화가 그런 결론의 결정적인 계기는 아니었을 것이다. 그것은 20대를 지나면서 서로가 그어온 궤적을 통해 서로 모르게 쌓아온 어떤 긴 변화의 자연스러운 반영이었다고 보는 것이 바른 판단일 것이다.

확실히 젊음은 많은 변화를 만들어낸다. 그만큼 젊음은 위기이기도 하고 기회이기도 하다. 젊음은 변하지 않고 가만히 있을 수 없는 시기인 것이다. 그래서 나도 변했고 Y도 변했다. 어떻게 변했느냐 하는 것을 떠나 그 변화는 그날의 짧은 만남을 계기로 하여 지난날의 내 오랜 우상이 더 이상 우상이 아니라는 사실을 깨우쳐주었다.

그날 내 가슴속에 감돌던 느낌은 어쩌면 상실의 허전함 같기도 했고 성숙의 의연함 같기도 했다. 이제 Y는 더 이상 나의 우상이 아니었다. 그것은 내가 그토록 바라던 그 찬란한 단계에 이르렀기 때문도 아니고 나의 우상이 실은 허상이었음을 발견한 때문도 아니었다. 그것은 단지 내가 어린 날에 꿈꾸던 그 세계를 떠나 더 큰 세계로 진입하면서 내가 무언가를 바라고 그 바라는 바를 향해 나아

나의 초라한 반자본주의

가는 방식이 바뀌었기 때문이라고 나는 생각한다. 그날 이후 나는 더 이상 그를 나의 빛나는 우상으로 가질 수 없었지만 대신 그가 내 꿈꾸던 날의 우상이었다는 그보다 더 빛나는 추억을 가질 수 있게 되었다.

　세월이 지난 오늘에 돌이켜볼 때 나는 내가 어리던 날에 그를 만날 수 있었고 그를 우상으로 가질 수 있었던 것을 참으로 큰 행운으로 생각한다. 그래서 그를 만날 수 있었던 삶의 우연에 감사한다. 만약 내가 그를 우상으로 가질 수 없었더라면 나의 어린 날이 과연 그만큼이나마 무언가를 향해 집중될 수 있었을까 하는 생각을 아니할 수 없는 것이다.

　요즈음 자라는 아이들이 어떤 내면적 풍경 속에서 자라는지 나는 잘 알지 못한다. 다만 그들의 내면에도 나름대로 소중한 지향이 있다면 그 지향은 어느 곳에서나 그들의 우상을 발견할 수 있을 것이다. 왜냐하면 우상이란 아직 스스로를 객관화하지 못하는 어린 영혼이 자기 자신 속에 깃든 희원希願을 잠시 타자 위에 투사함으로써 스스로를 객관화하고 그렇게 함으로써 그 희원을 좇아 스스로를 성장시켜가는 삶의 신비스러운 한 장치이기 때문이다.

신화의 탄생과 죽음

우리나라 국어학 분야의 큰 학자이신 김윤경 박사에 대한 이야기다. 1884년에 태어나 1969년에 돌아가신 이분은 연세대학교에 계실 적에 외솔 최현배 박사와 더불어 쌍벽을 이루었을 뿐 아니라 연령마저 동갑이셨다. 그런데 두 분이 국어학 이론을 둘러싸고 얼마나 양보 없이 싸우셨는지 그 공방전이 내가 대학을 다니던 70년대 초반까지만 해도 전설처럼 전해졌다.

이를테면 수업시간에 어떤 학문적 입장을 둘러싸고 "최현배 선생님은 달리 이야기하시던데요" 하고 누가 질문이라도 할라치면 "무슨 그따위 말도 안 되는 이론이 있느냐"고 흥분하는 것이었는데, 학생들은 나중에 두 노인네가 싸우는 것이 재미가 나서 일부러 싸움을 붙여놓고 즐기기까지 했다는 것이다. 이렇게 양보 없이 싸우시던 두 분이 저승길도 무슨 경쟁이라도 하듯 69년과 70년에 잇달아 떠나시고 나서 이듬해 내가 대학에 입학했을 때는

나의 초라한 반자본주의

이 두 분에 얽힌 이야기가 마치 갓 익은 김치처럼 잘 발효되어 막 전설과 신화가 되어갈 무렵에 있었다. 오늘의 이야기는 바로 그 무렵의 이야기다.

　김윤경 박사는 수업을 절대 빼먹지 않기로 유명했다. 예나 지금이나 학생들은 휴강처럼 좋아하는 것이 없으니 학생들에게는 최악의 선생님이었을 것이다. 그런 선생님이 따님의 결혼식을 치르게 되었는데 마침 예정된 강의시간과 중복되었다. 과대표는 교수님이 당연히 결혼식장에 가실 것으로 생각하고 아예 그 시간에 학생들을 결혼식장으로 모이도록 해놓았던 것이다. 그러나 이게 웬일인가? 결혼식은 진행되는데 혼주인 김윤경 박사는 나타나지 않았다. 그 시간에 김윤경 박사는 혼자 강의실에 들어갔던 것이다. 텅 빈 강의실에서 김윤경 박사는 마침 장기 결석을 하다가 소식도 모르고 학교에 나와 강의실을 기웃거리던 학생 하나를 잡아놓고 한 시간 동안 강의를 했다던가 어쨌다던가 했다는 이야기다.

　이 이야기는 모교나 국어학계 등에는 지금도 꽤 널리 퍼져 있는 신화다. 생각하면 별것 아닌 우스갯소리일 수도 있지만 이 이야기를 그동안 술자리 같은 곳에서 가끔 전파해온 나에게 이 이야기는 결코 단순한 우스개만은 아니었다. 원칙이 존중되지 않는 세상, 알맹이가 없는 세상, 이해상충이 긋는 어정쩡한 궤적이 그대로 삶의 길이 되는 이 속악한 세상에서 그 조그만 이야기는 나에게 명실상부한 신화였고, 잃어져가는 꿈이었고, 마음의 고향이었다. 그분의 행동이 반드시 옳아서가 아니다. 평생 한 번 하는 따님의 결혼식에 가지 않았다는 것은 따지고 보면 문제가 있으면 있지 결코 지지할 것은 아니라 할 수 있다. 다만 그런 꼬장꼬장함, 상식을 뒤엎고 나름대로 기준을 지키려고 한 그런 괴짜 기질이 이 느끼한 세상 풍토에서 바라볼 때 새삼 그립고 소중하고 애틋하게 여겨졌기 때문이다. 그래서 나는 이 이야기를 지난 30년 동안 겨울날 바바리코트 속의 알밤처럼 매만져 왔던 것이 사실이다.

그러던 중 지난겨울 어떤 모임에 갔다가 후배 한 사람을 만나 이런저런 이야기를 나누다가 문득 김윤경 박사의 이야기가 나오게 되었다. 물론 그 친구도 이 이야기를 잘 알고 있었다. 그런데 그 후배는 내게 아주 현실적인 정보 하나를 알려주었다. 그것은 김윤경 박사가 그 결혼식에 가지 않은 것은 강의를 우선했기 때문이 아니라 그 결혼 자체를 반대했기 때문이라는 것이다. 그리고 그 정보의 출처가 다름 아닌 그때 결혼했던 따님의 아들이라고 구체적인 소스까지 밝히며 신화는 어디까지나 오해에서 비롯되었음을 알려주었다.

과연 그 후배의 말이 맞는지 정확한 것을 알 수는 없지만 전후 사정을 헤아려보면 그 후배가 제시한 새 이야기에 더 현실성이 있어 보였다. 부모가 반대해서 부모의 참석 없이 하는 결혼을 더러 보기 때문이다. 이미 세상물

정에 젖을 만큼 젖은 내가 그만한 이야기에 실망했다면 지나친 이야기지만 나의 아끼던 신화에 금이 간 것만은 사실이었다. 그래도 결혼식장에 가지 않고 강의실에 나간 것을 학생들이 그렇게 해석한 것만으로도 평소 그분의 남다른 삶의 태도를 짐작할 수 있는 것 아니냐는 설명이 가능하지만 역시 애초의 신화가 가지고 있던 깔끔한 효과에 비길 바는 아니다.

신화에 약간의 금이 가고 나서야 나는 우리 사회가 얼마나 간절히 이런 신화를 필요로 하는지를 느낄 수 있었다. 그런 신화는 어쩌면 너무 사소해 있어도 그만, 없어도 그만인 것처럼 생각할 수도 있을 것이다. 그러나 인간 행동의 규준이 되는 이러한 신화는 생각보다 강한 흡입력을 가지고 자라나는 정신을 육성한다.

이를테면 갈릴레오가 천동설을 비판한 것에 대해 교황청으로부터 위법판결을 받고 법정을 나오며 "그래도 지구는 돈다"는 말을 했다는 저 널리 퍼져 있는 신화를 생각해보자. 이 조그마한 신화는 이 신화가 알려져 있는 지구상의 모든 시민에게 양심이라는 것이 무엇이며, 또 그 양심이 지배권력의 힘 앞에서 어떻게 스스로를 구현하는지를 그 어느 도덕적 강론보다 힘있게 가르쳐왔던 것이다.

또 뉴턴이 십수 년간이나 써온 연구논문을 개가 불 속에 물어넣어 잿더미로 만들었을 때 뉴턴은 다만 그 개의 머리만 쓰다듬었다고 하는 저 신화도 마찬가지다. 그 신화가 우리에게 무엇을 가르쳐주는지를 물어보기도 전에 우리는 그 신화로부터 인간이 최악의 순간에도 지켜야 할 품위가 있다는 사실을 알게 되고, 그에 필요한 미덕을 자연스레 배우게 되는 것이다.

공교롭게도 갈릴레오의 이야기나 뉴턴의 이야기나 모두 엄밀한 전기적 실제가 아니라 불확실하게 형성된 전문傳聞이라고 한다. 말하자면 신화인 것이다. 그러나 그것이 실제인가 아닌가를 떠나서 그 이야기들은 갈릴레오나 뉴턴의 생애에 대한 엄밀한 전기적 연구 모두를 합한 것보다 더 많은 영향을 그동안 인류에게 끼쳐왔다고 할 수 있다.

나는 우리 사회에도 이런 류의 신화가 많이 있었으면 한다. 사실 그런 심정에서 나는 그동안 김윤경 박사의 이야기를 이곳저곳에 전도(?)해왔는지도 모른다. 그러나 한 사회가 그런 신화를 만들어내는 기능을 가지려면 어느 정도의 수준을 갖춘 정신적 흐름이 형성되어야 한다. 어느 한두 사람의 기행이나 영웅적인 의지만으로 신화가 성립하지는 않는다. 신화는 집단의 소산이기 때문이다. 김윤경 박사의 이야기가 신화로서 성립할 수 있었던 것도 어쩌면 저 조선조의 꼬장꼬장한 선비정신이 우리 속에 면면히 흘러왔기 때문이라 할 수 있다. 그리고 보면 그 후배의 증언에 의해 아끼던 신화에 금이 가는 것을 경험한 것도 어쩌면 정보의 진위라는 그런 차원의 것이 아니라 만사가 이해관계로 결판이 나는 이 속악한 세상 풍토에서는 더 이상 신화가 남아날 수 없게 되었다는 사실, 다시 말해서 우리 시대에 있어서의 신화의 죽음을 상징하는 예정된 사건이었는지도 모르겠다.

달리기 1

왕가위 감독의 〈중경삼림〉을 오랜만에 다시 보다가 떠나버린 여인을 막연히 기다리는 젊은 경찰관의 독백이 마음에 다가왔다.

"실연당했을 때 나는 조깅을 한다. 그럼 수분이 모두 빠져나와 눈물이 더 이상 안 나온다."

그런데 실연을 당해 조깅하는 그 사람의 심경을 헤아려보면 실제로는 그렇지는 않을 것 같다. 말이 그렇지 몸에 수분이 빠져 눈물이 나오지 않게 하기 위해 의도적으로 달리기를 하는 사람은 없을 것이다. 그로 하여금 달리게 한 것은 무언가 다른 것임이 틀림없다. 그것이 무엇일까?

그것이 무엇일까를 생각하다가 〈포레스트 검프〉를 또 생각하게 되었다. 어느 날 문득 포레스트는 달린다. 조깅 정도가 아니라 며칠을, 몇 달을, 몇 년을 달린다. 어떤 단계에서 그가 달리기를 시작했는지 잘 기억이 나지 않는다. 아마 제니가 떠나고 나서 시작한 것이 아닌가 싶다. 다리도 지나고 광막한 황야도 지나 달린다. 얼굴에는 수염이 돋고 나중에는 추종자들마저 뒤따른다. 무엇이 그로 하여금 달리게 했는가? 이 지독한 달리기의 동기도 불확실하다.

그러나 불확실하고 막연하면서도 알 듯도 한 것이 묘하다. 나는 원래 스포츠를 좋아하지 않는다. 그런데 달리기만큼은 좋아했던 것 같다. 특히 마라톤이 좋다. 나중에 심장이 좋지 않다는 진단을 받은 이후부터 가벼운 조깅 이외에는 하지 못하고 있지만 그 이전에는 간간이 장거리도 뛰었다.

뛰어보면 그것이 체력적 한계와의 싸움이라는 것을 알게 된다. 마라톤도 경기競技로서 1, 2, 3등이 정해지는 것이지만 더 근본적으로는 자기와의 싸움이다. 장거리를 뛰다 보면 숨이 턱에 차고 가슴이 파열될 것 같은 상황에서 더 뛸 것인가 포기할 것인가 망설이는 순간이 있다. 가능하면 포기하지 않으려고 안간힘을 쓸 때 그는 무엇을 지키려 하고 있는가? 육체의 마지막 한계선에서 겪는 그 고통을 감수해가면서도 더 뛰어야겠다고 생각하게 하는 요인이 무엇인가? 그것을 생각해보면 인간이 지독한 형식주의자임을 인정하지 않을 수 없다. 내용상으로만 보았을 때 그것은 아무것도 가져오지 못하는 무모한 짓이다.

그럼에도 불구하고 여기서 포기하고 싶지는 않다고 생각하게 하는 요인은 바로 달리기의 '형식'과 '상징성'에서 오는 것이라고 본다.

달린다는 사실은 모든 인간 영위를 대표하고 있다. 직립 이후 인간은 짐승을 쫓는 일처럼 일단 달림으로써 무언가를 해왔던 것이다. 또 육체적 한계상황은 인간의 실존적 상황을 상징하고 있다. 인간의 상황은 가장 평온무사한 경우마저도 실은 한계적 상황이다. 하이데거의 말처럼 인간의 실존은 매 순간 염려와 초조Sorge 위에 성립해 있는 것이다. 그래서 우리는 마치 무대 위의 연극적 상황이나 스크린 위의 영화적 상황이 실제 상황이 아님에도 그 상황에 도취되듯 달리기의 상황에 도취되는 것이다. 달리기 속에서 우리는 우리 존재의 원초적 상황을 추체험하는 것인지도 모른다.

물론 그것이 달리기의 모든 것은 아니다. 다른 접근도 가능하다. 달리기에서 나는 어떤 외로움이나 인간의 생래적 설움 같은 것을 느끼기도 한다. 월남전 당시 네이팜탄이 터지는 마을을 배경으로 발가벗은 소녀 하나가 울음을 터뜨리면 달려나오는 저 유명한 사진을 대부분 기억할 것이다. 아이들의 세계에서는 이런 공포 또는 설움과 결부된 달리기를 종종 발견할 수 있다. 나 역시 아버지의 주정이 무서워 외사촌 형님 집을 향해 울며 밤길을 달려가던

나의 초라한 반자본주의

기억이 있다. 아니면 〈금지된 장난〉에서 미셸을 외치며 낯선 인파 사이로 달려가던 어린 소녀의 모습을 생각해보아도 좋을 것이다. 말하자면 쫓아가는 달리기만 있는 것이 아니라 쫓기는 달리기도 있다는 말이다.

달리기가 한계상황이라는 것은 동시에 달리기에 긍정적 의미가 있음을 암시하고 있다. 한계상황은 한계만으로 구성된 것이 아니라 그 극복으로도 구성되어 있다. 달린다는 사실은 이미 매 순간의 극복이다. 이겨내는 현재진행형이 달린다는 사실을 규정하는 것이다. 따라서 달리기에는 극복의 쾌감 내지 도취감이 있고 그 느낌을 영어에서는 '러너스 하이runner's high'라고 부른다고 한다.

달리기에는 이 모든 것이 혼합되어 있다. 그러나 〈중경삼림〉과 〈포레스트 검프〉에서의 달리기는 이런 것들의 혼합 외에 또 다른 것이 있다. 사랑하는 여자의 떠남이라는 도저히 받아들일 수 없는 상황에 임하여 그들이 선택한 이 달리기는 쓰러지지 않기 위한 마지막 수단처럼 보이기도 한다. 마치 자전거가 가만히 있으면 쓰러지기 때문에 어쩔 수 없이 달리는 것과 같다. 그런 달리기는 특수한 상황에 의한 것이면서도 동시에 보편적인 의미를 가진다. 우리 인생의 얼마나 많은 행위와 열정이 달리기처럼 공허한가! 내용만으로 보면 달리기가 무의미한 것처럼, 내용만으로 보면 얼마나 많은 인간행위가 부질없는 것으로 가득 차 있는가! 1988년에 나온 박종원 감독의 영화 〈구로 아리랑〉에 보면 시골에서 올라와 이것저것 아무것도 되는 것이 없다가 권투를 하게 되는 친구가 나온다. 실컷 얻어맞고 링 위에 '큰 대' 자로 다운되었을 때, 독백 비슷한 내레이션이 나온다. 왜 사는지, 왜 서울에 올라왔는지 도무지 알 수 없다가도 무수히 얻어터지고 링 위에 뻗어 있으면 비로소 사는 이유가 손에 잡히는 것 같고 삶의 의미 같은 것이 느껴진다던가 하는 뭐 그러한 내용이었다. 삶이 공허하고 외롭다는 것을 아는 것도 큰 지혜다. 큰 의미는 큰 공허와 인접해 있는 것일까? 〈중경삼림〉의 그 외로운 내레이션도 궁극적으로는 삶의 그러한 점을 암시하는 것인지도 모른다.

나의 초라한 반자본주의

달리기 2

    종종 달리기를 한다. 과거에는 띄엄띄엄 했었는데 요즈음은 거의 정기적으로 하고 있고 그렇게 한 지도 어언 1년여가 넘었다. 달리기를 하는 사람의 시작 동기는 대부분 건강관리일 것이다. 나이가 들고 몸이 찌뿌둥해지고 운동부족을 느끼면 대개 달리기 등의 운동을 시작한다. 나도 역시 그런 평범한 이유로 달리기를 시작하였다.

    그러나 시작하는 것은 그렇다지만 달리기를 지속하는 것은 좀 다른 이유가 있는 것 같다. 나는 그것이 달리기 자체가 가지고 있는 어떤 매력 때문이 아닌가 한다. 엄밀히 따지면 매력이라는 말도 정확한 표현은 아니다. 매력이라는 것은 사람을 혹하게 하는 분명한 힘을 말하는데 달리기에 그런 힘이 있느냐고 묻는다면 확실히 그렇다고 말할 자신이 없다. 그 점은 술과 비슷한 데가 있다. 술을 전혀 마시지 못하는 아내는 내게 술이 그렇게 맛있냐고 묻는다. 그러나 술을 좋아하는 나도 과연 술이 맛있는지 어떤지를 모른다. 그런 것 같기도 하고 그렇지 않은 것 같기도 한데 어떨 땐 밤이 이슥하도록 정신없이 마셔댄다. 달리기의 매력도 그런 측면이 있어 과연 그것을 매력이라고 불러도 될지 의문스럽다. 오래 그 매력의 실체를 알아보려 했지만 여전히 그 결과는 신통치 않다.

내가 느끼는 달리기의 매력 중 어렴풋이 잡히는 한 가지는 다름 아닌 공허다. 그러니 그것을 매력이라고 부르기는 어려울 것이다. 직장 생활을 하다 보니 주로 주말에 달리기를 한다. 주말 중에서도 토요일은 아무래도 잘 나서지 않게 되고 주로 일요일 오후 늦게 달리기를 하게 된다. 일요일은 나에게 공허한 날이다. 아내는 교회에 가고 주로 혼자서 집을 지킨다. 책도 보고 글도 쓰고 텔레비전도 보고 인터넷도 기웃거리고 주전부리도 하지만 오후 3~4시 정도가 되면 이윽고 밀려오는 공허감을 어쩌지 못한다. 몸도 찌뿌둥해진다. 4시가 넘어 베란다의 화초에 내리는 일광도 광채를 잃게 되면 드디어 나는 주섬주섬 운동복을 챙겨 입고 집을 나선다.

달리기를 하러 나가는 그때 나는 늘 공허하다. 왜 달리는가? 목적이 없다. 도둑을 잡으러 가는 것도 아니고 누가 쫓아오는 것도 아니고 아테네의 병사처럼 전쟁 소식을 전하러 가는 것도 아니다. 하루 중 가장 공허한 시간에 가장 공허한 행위를 하기 위해 집을 나서는 것이다. 그래서 그런지 처음 뜀박질을 시작하려는 순간은 항상 어색하다.

나의 초라한 반자본주의

근처에 누가 있을 땐 마치 내 행위의 공허함을 들킨 것 같아 공연히 민망해진다. 장소를 양천공원에서 안양천변으로 바꾼 다음부터는 이 황량한 벌판에 거의 사람이 없어 다행이지만 그래도 스스로 느끼는 어색함만큼은 어쩔 수 없다.

혼자서 허청허청 발걸음을 내디딜 때 나의 자의식은 나의 공허한 몸짓과 온통 겹쳐 있다. 보폭과 템포, 팔의 흔들림, 호흡, 근육의 긴장과 이완, 이런 모든 것이 낱낱이 의식된다. 내가 달린다기보다는 육신을 억지로 가동시킨다는 표현이 정확할 것이다.

일단 천천히 달리려고 의도적으로 노력한다. 처음에 천천히 달리는 것은 어느 인터넷 사이트에서 본 전문가의 조언에 따른 것이다. 그는 처음 10분간을 권유했으나 나는 신정교 아래에서 시작해서 오금교를 지나 목동교 아래에 이를 때까지 약 2킬로미터에 걸쳐 대충 15분 정도를 그렇게 달린다. 내가 정한 것이라기보다는 반응이 느리고 심장이 튼튼치 못한 내 몸이 정한 것이다. 달리기에서 처음 15분은 매우 긴 시간이다. 그 15분 사이에 맥박은 점점 빨라지고 호흡은 턱에 차고 체온은 상승하는 등 신체는 급격한 변화를 보인다.

약 15분 후 땀이 나기 시작하고 몸은 드디어 달린다는 상태를 받아들인다. 호흡이며 맥박이며 혈류 따위가 보행상태를 벗어나 본격적인 주행상태로 진입하는 것이다. 아마추어적인 경험이지만 신체적 위험은 보행상태에서 주

행상태로 전환하는 과정에 주로 걸쳐 있고, 일단 주행상
태가 되면 새로운 안정 단계에 들어서는 것 같다.

이 단계에서 확실히 많은 변화가 수반된다. 우선 서서
히 보폭이며 템포며 팔의 흔들림, 호흡 따위를 잊어버리
게 된다. 그것이 어느 정도냐 하면 종종 달린다는 사실 자
체를 잊어버릴 정도다. 심지어는 내가 어디로 가고 있다
거나 무엇을 하고 있다거나 하는 의식도 없어진다. 일상
생활에서 호흡이 의식되지 않듯 달리기 자체가 의식되지
않는 것이다.

이 상태는 의식이 일상의 모든 염려에서 해방되는 순
간이기도 하다. 달리기 상태에서 우리는 염려의 자장磁場
을 벗어나는 듯하다. 그것이 어떻게 가능해지는지는 알
수 없다. 달리기가 모든 염려를 집약한 다음 이윽고 흡수
해버리는 것 같은 느낌이다. 내가 아는 한 그런 자유나 해
방은 여행 정도에서나 가능한 것이다. 엄밀하게 따져보면
여행도 여수旅愁라는 멀고 추상화된 염려를 동반한다. 여
행의 묘미 자체가 인간사의 온갖 구체적 염려를 그처럼
멀고 추상적인 것으로 전환하는 데 있다. 그러나 달리기
는 그것마저도 삼켜버리고 끊어놓는 것 같다. 달리기는
저 염려의 중력을 끊어내어 일정한 공백을 만들고 그 공
백 지대에서 의식으로 하여금 특유의 명징성과 자유를 갖
게 하는 것이 아닌가 한다.

그 원리를 알 수는 없지만 나는 그 기제가 자이로스코
프와 흡사하다는 생각을 종종 한다. 자이로스코프, 우리

나의 초라한 반자본주의

가 어렸을 적에 지구팽이라고 불렀던, 팽팽한 실이나 뾰족한 못 끝에 올려놓아도 쓰러지지 않고 돌아가던 그 철제팽이를 연상하는 것이 과연 근거가 있는 것인지는 모르겠다. 다만 자이로스코프의 금속 원판이 맹렬한 속도로 돌아갈 때 오히려 자이로스코프 자체는 고요히 방향성을 유지하는 것이, 생각해보면 뜀박질이 육체의 아슬아슬한 한계선을 따라 규칙적, 반복적으로 이어질 때 오히려 우리 의식이 탁 트인 명징성과 자유로움을 갖추는 것과 매우 닮아 있다. 설명하기는 어렵지만 양자 사이에는 어떤 연관성이 있는 것 같다.

상념이 엄습하는 것은 바로 그 어간이다. 그것은 마치 물안개처럼 의식의 명징한 수면 위로 퍼져 나간다. 그것도 표현이 그렇다는 것이지 딱히 의식의 명징성이 먼저고 상념이 나중이라 할 수도 없다. 어쩌면 몸을 잊게 되는 것이나 의식이 명징해지는 것이나 상념이 엄습하는 것이 모두 동시적인 것인지도 모르겠다. 어쨌든 그때의 상념은 하늘에 뜬 구름뭉치처럼 가볍고 독립되어 있으며 그 결은 매우 섬세하여 때로는 선미禪美를 느끼기도 한다. 또 그 전개는 경우에 따라 긴 독백이 되기도 하고 긴 글이 되기도 하고 긴 편지나 긴 이야기가 되기도 한다. 실제 내가 쓴 몇몇 글은 바로 이 달리기 상태에서 배태된 것들이다. 양천공원을 돌 때 몇 바퀴를 돌았는지를 까먹게 되는 것도 바로 그때다. 아주 긴 시간이 흐른 것으로 느껴지는데 알고 보면 그렇지도 않다.

나는 이 상념의 상태에 주선走禪이라는 이름을 붙였다. 선禪은 원래 앉아서 하는 좌선坐禪이 기본이지만, 누워서 하는 와선臥禪도 있고 걸으며 하는 행선行禪도 있다. 그러니 굳이 주선이 없으란 법은 없을 것이다. 그 상념의 순간이 모든 것으로부터 나를 끊어주는 것을 생각하면 그 정도의 이름이 결코 외람되지는 않을 것 같다.

어쨌든 그때가 가장 행복한 느낌이 든다. 나는 마치 인간 자이로스코프가 된 듯하다. 물론 그런 행복한 느낌도 반성의 결과다. 정말로 몰입해 있을 때는 그런 느낌도 들지 않을 것이다. 그 점 때문에 달리기는 이 세상 그 어떤 바쁜 일보다 분주하게 움직이는 것이면서도 내게는 한없이 고요한 행동으로만 느껴진다.

마지막 염창교의 육중한 교각을 돌아나가면 이윽고 한강이 나온다. 거기서부터는 풍경이 사뭇 다르다. 안양천에 비하면 한강은 바다처럼 넓어 보인다. 낚시질을 하는 모습이 보이고 "어느 날 한강에 잘못 날아든" 황지우의 갈매기도 보인다. 강 건너에는 높이 솟은 난지도의 하늘공원, 그 옆의 월드컵 경기장 모습이 눈에 들어온다. 또 그 위로는 멀리 북한산의 늠름한 위용도 자리 잡고 있다. 전에는 거기서 잠시 호흡을 조율하고 스트레칭한 후 다시 되돌아왔다. 그러던 것이 얼마 전부터는 우회전하여 한강을 끼고 달려 여의도까지 갔다가 온다. 20킬로미터가 훨씬 넘는 거리로 시간도 2시간 이상이 걸린다. 한강변 자

나의 초라한 반자본주의

전거 도로는 안양천의 자전거 도로와는 달리 사람이 많고 또 인라인스케이트를 타는 다수의 젊은이들을 피해서 달리지 않으면 안 된다. 주선을 유지하기는 어렵지만 대신 젊은 커플들의 행복한 모습을 비롯하여 휴일을 맞은 소시민들의 느긋한 여유를 보는 것이 좋다.

안양천으로 다시 들어오면 풍경도 다시 황량해진다. 인적은 뜸해지고 쓰러진 잡초들은 어지럽다. 지난 일요일에는 그 돌아오는 길목에서 우연히 갈대밭을 태우는 광경을 목격했다. 누가 불을 질렀는지 사람은 보이지 않는데 자전거 도로 옆에 축구장만큼이나 크게 조성된 갈대단지에서 100여 미터를 이어가며 군데군데 불길이 치솟고 있었다. 나는 이 장관 앞에서 걸음을 멈추어 서지 않을 수 없었다. 겨우내 쓰러지지 않고 새까맣게 오염에 젖은 대가리를 흐느적이며 서 있는 갈대군을 볼 적마다 나는 풍장風葬이 생각나곤 했다. 그런데 이제 드디어 화장火葬이다. 매운 연기와 검은 갈대재가 날리는 속에서 나는 무슨 영감과도 같은 불꽃의 화무火舞에 넋을 빼앗기고 있었다. 문득 바그다드 시내에서 치솟던 불길이 생각나고 울음을 터뜨리던 아이의 눈망울이 생각나서 나는 다시 뛰기 시작했다. 검게 불탄 저 자리에도 이제 얼마 후면 새 갈대순이 올라올 것이다.

멀리 바벨탑처럼 한껏 치솟은 하이페리온 건물이 보이면 거의 다 온 것이다. 비로소 다시 공허감을 느낀다.

저물어가는 벌판은 더욱 공허하다. 결국 내가 한 것은 일요일 오후 공허한 시간대에 그보다 더 공허하게 육신을 학대하고 짓이기고 온 것이다. 언덕비탈의 벤치에 파김치처럼 늘어진 몸을 걸치고 앉아 안양천의 느릿한 물길을 바라보고 있으면 삶의 허무함과 무상함이 울분처럼 가슴에 치밀어 온다.

달리고 달려 결국 부처님 손바닥 안이다. 나는 나의 공허 안에서 맴을 돈 느낌이다. 어느새 다가온 어스름 속, 제방 건너 즐비한 아파트 창에는 불들이 켜지고 있다. 20대 초반 허무감에 무척 시달리던 시절이 있었다. 그래서 니체를 찾았고 키르케고르에 탐닉했었다. 다행인지 불행인지 20대를 벗어나면서부터 나는 그런 느낌을 거의 갖지 않고 살아왔다. 정신없이 달려온 세월을 뒤로하고 나는 왜 새삼 이 고비에서 삶의 허망함을 느끼고 있는가.

그런 느낌을 전혀 받지 않고 살던 30, 40대에 나는 삶의 허망함에 빠져 있는 인식은 아직 삶의 진정한 의미를 찾지 못한 탓이라 믿었다. 의미의 햇살이 비칠 때 무의미는 안개처럼 스러진다는 단순한 논리를 의심하지 않았다. 그것은 어느 정도는 내가 받아들인 기독교적 세계관 때문이었을 것이다. 그러나 지금 나는 이 허망함을 구태여 타개할 무엇으로 규정하지 않으려 한다. 그것은 무엇이 참인지를 따지기 전에 이 순간 나의 의지가 그것을 받아들이고 있기 때문이다. 마치 허망함도 삶의 자산이나 되는 것처럼 의미와 구태여 맞세우지 않고 그 곁에 나란히 자리 잡게 하는 이 변화가 단지 나이 탓만은 아닐 것이다.

먼 데서는 어스름을 잊은 채 공을 차는 아이들의 외침이 아련하게 들린다. 달리기가 무엇인지, 그 매력이 무엇인지 알 듯하다가도 결국 다시 모르겠다. 어쩌면 그 공허한 몸짓이 공허한 우리의 삶을 은유하기 때문은 아닌가 하는 생각을 해본다. 오랫동안 김수영의 시 「풀」이 주는 매력의 정체를 생각해보았다. 나뿐만 아니라 많은 사람이 그 매력의 비밀에 도전하였고 또 이런저런 답을 내놓았지만 모든 사람의 동의를 얻지는 못하고 있다. 얼마 전부터 나는 그의 풀이 존재 자체에 대한 시늉, 미메시스라는 생각을 해보고 있다. 존재하는 모든 것의 운명, 생명의 몸짓, 인간의 삶 그 자체를 풀의 존재와 동작으로 그리고 있는 것이 아닐까. 그것은 외연이 너무 커서 개념화하기 어렵지만 우리는 거울에 비친 우리의 얼굴을 보듯 그의 시 「풀」을 통해 우리 존재의 운명, 우리 삶의 모습을 고즈넉이 보는 것이 아닌가.

풀

풀이 눕는다.
비를 몰아오는 동풍에 나부껴
풀은 눕고
드디어 울었다.
날이 흐려서 더 울다가

다시 누웠다.

풀이 눕는다.
바람보다도 더 빨리 눕는다.
바람보다도 더 빨리 울고
바람보다 먼저 일어난다.

날이 흐리고 풀이 눕는다.
발목까지
발밑까지 눕는다.
바람보다 늦게 누워도
바람보다 먼저 일어나고
바람보다 늦게 울어도
바람보다 먼저 웃는다.
날이 흐리고 풀뿌리가 눕는다.

풀은 단지 눕고 울고 일어나고 웃고 다시 누울 뿐이
다. 그의 시를 보고 있으면 팬터마임을 보는 듯하다. 가시
적인 의미를 보려 하기보다 차라리 팬터마임을 보듯 다가
오는 것만을 받아들일 때 이 시의 의미가 더 가까이에서
느껴진다.

달리기에서도 나는 그 비슷한 미메시스를 가정해본
다. 달리기의 매력 또한 그 어간에 있는 것이 아닐까. 끝
없이 쫓아가고 쫓기는 우리 삶의 무상한 동작에서 추상抽

　　　　　　　　　　나의 초라한 반자본주의

象한 한 시늉으로서의 달리기도 나 자신만을 외로운 관객으로 앉혀 놓고 펼치는 팬터마임 같다. 눕고, 일어나고, 나부끼고, 다시 눕는 풀의 저 무상한 동작이 갖는 상징성만큼이나 달리기의 상징성은 포괄적이다. 짧은 이지理智를 동원해 그것이 좀 더 구체적으로 무엇일까 하고 생각하면 도무지 잡히는 것이 없다가도 지쳐 늘어져 오래 바람을 맞고 있으면 몸의 아득한 운산 끝에 무언가가 잡혀지는 것도 같아 나는 오늘도 달리기를 하는 것 같다.

안양천에서

　찰턴 헤스톤이 주연으로 나오는 영화 〈혹성탈출〉의 마지막 장면에 보면 황량한 바닷가에 자유의 여신상이 쓰러져 누워 있는 충격적인 모습이 나온다. 영화의 모든 비밀을 밝혀주는 것이기도 했던 그 장면이 내게는 오랫동안 모든 장대함의 전형이었다. 인류 문명의 상징처럼 여겨지던 자유의 여신상이 긴 해안가에 쓰러져 있는 모습을 발상한 사람은 어쩌면 위대한 역모의 피를 타고난 사람 같기도 하다.

　나의 별난 감수성은 언젠가부터 문명과 불연속선을 이루는 저 폐허의 황량한 풍광에서 불온한 희열을 느껴왔다. 순수한 자연, 이를테면 그림 같은 전원이나 조용한 산사 혹은 가없는 바닷가 등의 정경에서 나는 별로 매혹을 느끼지 못하는 편이다. 자연의 아름다움과 순결함을 모르는 바 아니고 때로는 그 앞에서 경외감도 느끼고 쇄락灑落감도 갖지만 아쉽게도 그런 감정은 내가 일상에서 안고

　　　　　　　　　　　　나의 초라한 반자본주의

있는 삶의 정서에 별로 개입하지 못하는 권외의 감정이 되고 만다. 그것은 어느 정도 개인적인 취향 탓일 수도 있을 것이다. 그러나 그것은 취향에 앞서 자연의 순진무구함을 믿지 않는 나의 소견에서 오는 것이다. 오늘날의 현실에서 자연은 이미 태초의 순결과 신성을 잃어버렸다는 것이 나의 판단이다. 자연은 문명이 거기에서 피로를 풀고 기지개를 켜도록 계산된 쉼터가 되어 문명의 적극적인 기구로 의미전환이 완료된 장소이거나 최소한 우리의 삶과는 절연된 장소로 내게는 보이는 것이다.

그러나 폐허는 좀 다르다. 거기에는 일차원적 아름다움과는 다른 특별한 메시지가 있다. 거기에는 문명에 대한 조소와 저주가 있고 아직도 진행 중인 혈투가 있다. 아름다운 자연이 분 바르고 머리 조아린 채 고스란히 문명의 수청을 들고 있는 것과는 달리 폐허에는 거친 호흡으로 문명에 시비를 걸고 그것을 부식시키는 뻣뻣함과 긍지가 도사리고 있는 것이다. 그런 차원에서 나는 연탄재와 부서진 타이프라이터와 폐선로와 유리조각, 그리고 흙 속에 처박힌 《타임》지 따위를 노래한 이하석의 시를 한동안 좋아했다. 그의 시 가운데에서 가장 전형적이라 할 「투명한 속」은 그 버려진 땅을 이렇게 노래했다.

투명한 속

유리 부스러기 속으로 찬란한, 선명하고 쓸쓸한
고요한 남빛 그림자 어려 온다, 먼지와 녹물로
얼룩진 땅, 쇠 조각들 숨은 채 더러는 이리저리 굴
러다닐 때,
버려진 아무것도 더 이상 켕기지 않을 때,
유리 부스러기 흙 속에 깃들어 더욱 투명해지고
더 많은 것들 제 속에 품어 비출 때,
찬란한,
선명하고 쓸쓸한, 고요한 남빛 그림자는
확실히 비쳐온다.

껌 종이와 신문지와 비닐의 골짜기,
연탄재 헤치고 봄은 솟아 더욱 확실하게 피어나
제비꽃은 유리 속이든 하늘 속이든 바위 속이든
비쳐 들어간다. 비로소 쇠 조각들까지
스스로의 속을 더욱 깊숙이 흙 속으로 열며

　20여 년 전, 건국대학교 남쪽에서 한강에 이르는 빈터
는 드넓은 폐허의 모습을 하고 있었다. 엄청나게 높은 몇
개의 굴뚝과 깨어진 벽돌 더미들은 그곳에 벽돌 굽는 가
마가 있었다는 것을 알려줄 뿐, 그곳은 키 높은 잡초와 콘
크리트 덩어리와 벌겋게 녹슨 철물들과 송장메뚜기와 거

미들이 주인 노릇을 하고 있었다. 나는 저녁 무렵이면 그곳을 찾아 황량한 벌판에 깔리는 낙조를 바라보곤 했다. 거기에는 젊은 영혼을 들쑤시며 설레게 하는 무량한 무언가가 있었다.

그 벌판에서 폐허의 모습을 본 이후 나는 이렇다 할 폐허를 다시 보지 못한 채 20여 년을 살아왔다. 자고 나면 새로 건설되는 온갖 입방체의 공간에 갇혀 정신없이 사느라 나의 눈은 쇄락의 기회를 그만큼 오랫동안 가져보지 못했다는 말이 된다. 그런데 얼마 전 안양천을 보고 나서 나는 실로 오랜만에 저 폐허의 정경이 주던 쇄락감에 젖어들게 되었다. 목동에 살기 시작하고 나서 거의 5년이 지난 후였다. 차들이 무서운 속도로 달리는 간선도로가 심리적으로 접근을 막고 있던 안양천은 오히려 그래서 더 궁금한 미지의 영역이었는데 어느 날 문득 나는 그 미지의 영역에 접근하는 통로를 찾아볼 마음을 먹었던 것이다.

안양천은 사실 폐허라고 부르기에는 개념적으로 적절하지 않을는지도 모른다. 그러나 알고 보면 그렇지 않다. 겨우 몇 군데 비밀통로처럼 나 있는 건널목을 지나 뚝방 위에 올라섰을 때, 버려진 땅 안양천은 도시 한가운데에 누워 있는, 엄연한 폐허였다. 수리산, 관악산, 청계산, 백운산 등지에서 발원하는 이 하천은 대도시 변두리 하천의 전형적인 모습을 갖추고 있었다. 수도권 소시민들이 배출

하는 온갖 하수를 한강으로 실어 나르는 이 하천, 병든 도
시의 정맥처럼 맥없이 누워 있는 이 하천은 낯선 침입자
의 눈에 소외된 영역으로서의 쓸쓸한 모습을 숨김없이 드
러냈다.

하천은 생각보다 폭이 넓었고 시원하게 조성된 하천
부지에는 갈대와 잡초가 우거져 있었다. 뚝방 아래 농구
코트를 가로질러 곧바로 물 가까이 접근하니 탁한 오수의
냄새가 풍겼다. 결코 좋은 냄새는 아니었지만 다행히 그
냄새는 조그마한 소읍에서 어린 시절을 보낸 나에게는 추
억의 냄새이기도 했다. 잠자리채를 들고 종일 철다리 아
래 개천가를 쏘다닐 때 시커먼 도랑에서 나던 그 잊혀졌
던 냄새를 나는 모처럼 다시 맡았던 것이다. 그래도 그 검
은 물 위로 야생 오리들이 줄을 지어 이 기슭에서 저 기슭
으로 미끄러지듯 헤엄치고 있었다. 봄이라서 그런지 하천
부지는 온통 연녹색이었다.

그날 이후 나는 1, 2주에 한번씩 안양천을 찾아갔다.
안양천은 평소에는 하상河床 중심부에 조성된 폭 70~80
미터 정도의 좁은 유로流路를 따라서만 물이 흐른다. 그
양옆으로 조성된 하천 부지는 각각 100미터가 훨씬 넘어
보이는데 잡초며 갈대가 우거져 있고 봄부터 초여름까지
는 하얗게 개망초가 군집을 이루며 핀다. 채소밭 따위는
일체 보이지 않는다. 아마 구청 같은 곳에서 단속하는 모
양이다. 군데군데 축구, 농구, 인라인스케이트 등을 할 수
있는 시설이 조성되어 있으며 특히 시멘트로 잘 포장되어

나의 초라한 반자본주의

있는 자전거 도로가 나 있는데 이 도로는 한강변의 자전거 도로와 이어져 있다. 해 질 무렵이면 드문드문 사람들이 이 길을 따라 산책을 하거나 자전거를 탄다. 마라톤을 하는 사람들도 눈에 띈다. 모두 나처럼 간선도로의 삼엄한 방호벽을 뚫고 침투한 사람들이다.

나도 역시 자전거를 타거나 마라톤을 하며 이 안양천변의 황무荒蕪함을 탐닉했다. 대충이라도 하천 부지의 모습을 소개하자면 우선 갈대밭 이야기부터 하지 않을 수 없다. 갈대의 키는 보통 어른들의 키를 넘어선다. 너무 빽빽이 우거져 있기 때문에 그 사이에 들어가 볼 엄두는 내지 못한다. 이곳저곳에 무리 지어 갈대밭이 조성되어 있는데 어떤 곳에서는 제법 넓은 갈대단지를 이루기도 한다. 바람이 불면 일대가 물결처럼 온통 일렁이는 것이 장관이다. 내가 가장 좋아하는 갈대밭은 자전거 도로 양쪽으로 약 100미터 정도나 길게 나 있는 갈대밭이다. 갈대가 길 쪽으로 숙어 있어 자전거 도로는 겨우 폭이 1~2미터밖에 안 된다. 빨간 자전거를 타고 이 갈대숲을 통과하는 맛이 그저 그만이다. 바람이 불면 아주 먼 곳의 파도소리 같은 것을 내기도 한다. 갈대는 그 모습도, 그 소리도 모두 쓸쓸하고 하염없다. 그래서 그것은 때로 생각하는 인간에 비유되기도 하고 쉽게 흔들리는 여자의 마음에 비유되기도 하는가 보다. 너무 멀리까지 가서 돌아오는 길에 어둠이 가득 깔릴 때의 갈대밭은 그래서 그런지 깊이를 알 수 없는 사람의 마음처럼 무서운 느낌을 주기도 한다.

갈대보다 더 많은 것이 환삼덩굴이다. 환삼덩굴이라는 이름을 처음 듣는 사람은 있을지 몰라도 그것을 한번도 본 적이 없는 사람은 없을 것이다. 우리나라 어느 개천가나 빈터에도 이 억센 덩굴식물은 자란다. 워낙 번식력이 강하여 어떤 식물학자는 이 덩굴은 식물이라기보다는 동물 같은 느낌을 받는다고 한다. 단풍잎 모양의 잎사귀를 가지고 있고 덩굴줄기에는 솜털처럼 가는 가시가 있어 어렸을 적에 메뚜기가 이 덩굴 쪽으로 날아가버리면 더 이상 쫓아가지 못하던 기억이 난다. 어쩌다 이 덩굴 밭에 발을 디디면 발목이나 종아리를 긁히기가 십상이었기 때문이다. 식물도감에 보니 여름에 꽃이 핀다고 하는데 나는 그 꽃을 한 번도 본 적이 없었다. 그래서 나중에 일부러 눈여겨보았더니 푸른 잎사귀 위로 삐죽삐죽 솟은 것이 죄다 꽃이었다. 아주 옅은 보랏빛인데 도무지 꽃처럼 보이지를 않았기 때문에 꽃이라는 생각을 하지 못했던 것이다. 대체로 이런 버려진 땅의 들풀들은 일반 야생화와 또 달라서 꽃이 도무지 모양이 없다. 버려진 땅의 거친 풀들이 화려한 꽃을 피우지 않는 것도 나름대로 버려진 땅과의 조화를 추구하는 것이 아닌가 하는 생각이 든다.

이런 곳에서 자라는 식물 중에는 어렸을 적 낙동강 변에서 본 이후 거의 40년 만에 다시 보는 식물들도 있다. 특히 높이 1미터 정도로 호도만 한 열매가 달리고, 닫혀가는 나팔꽃 모양의 연보랏빛 꽃이 피는 식물을 다시 보

나의 초라한 반자본주의

았을 때가 제일 반가웠다. 그 식물 앞에 섰을 때 잠시 순간, 나는 자신이 초등학교 1∼2학년 아이로 되돌아간 것 같은 아련한 자의식에 젖었다. 평소에는 보지 못하다가 이런 거친 땅에서 그런 식물을 만나는 것을 보면 어떤 종류의 식물은 반드시 거칠고 오염된 땅에서만 생육한다는 것을 알 수 있다. 비옥하고 부드러운 흙을 거부하는 이 식물들의 오기 어린 생태는 은밀한 모의처럼 고양된 느낌을 준다.

안양천의 몇몇 군데는 대형차들이 주차해 있는 매우 넓은 부지가 있다. 시멘트로 포장된 이런 부지의 크기는 여느 축구장보다 훨씬 커 보인다. 이 부지에 주차해 있는 차량은 도무지 어디를 굴러다니던 놈들인지 모르지만 그 모양새가 하나같이 우람하고 흉측하다. 어떤 놈은 길이가 기차 두 량 정도는 되게 긴 놈도 있고 크레인같이 육중한 기계를 하늘 높이 치세워 가지고 있는 놈들도 많다. 이 우람한 차들이 낮잠을 자는 가운데로 빨간 자전거를 타고 바람을 가를라치면 마치 맹수들 틈에서 조그마한 복슬강아지가 재롱을 피우며 놀고 있는 듯한 느낌이 든다. 대부분 낮잠을 자지만 때로 시동이 걸린 차량 옆으로 지나자면 귀가 아플 정도로 엄청난 굉음을 울려댄다. 또 더러 새로 진입하거나 나가는 차들은 뿌연 흙먼지를 갈대밭 쪽으로 날려보내기도 한다.

이번 여름, 비가 많아지면서 나는 안양천에 물이 붙어

이 주차장이며 갈대밭이며 축구장 등이 몽땅 물에 잠기는
것이 보고 싶었다. 한번 그 생각이 들자 그 모습이 보고
싶어 온몸에 좀이 쑤셨다. 강폭 전체를 가득 채운, 도도한
물살이 뚝방 너머 즐비한 고층 아파트 단지들을 위협하는
안양천의 위용과 반란을 보고 싶었던 것이다. 어느 날 비
가 몹시 퍼부은 다음, 가늘어진 빗줄기 속에 우산을 쓰고
안양천을 찾아갔다. 그러나 아쉽게도 상류 쪽에 비가 많
이 오지 않은 탓인지 안양천은 약간 물의 양이 늘었을 뿐
여전히 좁은 유로로만 물이 흐르고 있었다. 두어 번을
그렇게 헛걸음을 했을 것이다. 그 후 다시 며칠간 큰비
가 내린 후 나는 또 안양천을 찾았다. 그날은 예감이 달
랐다. 벌써 남부지방에서는 홍수 소식이 전해지고 있었
던 것이다.

아니나 다를까. 안양천은 누런 황톳물로 넘칠 듯 부풀
어 있었다. 갈대밭이며 자전거 도로, 주차장, 농구장은 흔
적도 없이 물에 잠겨 있었다. 농구 골대만이 황톳물 위에
겨우 모가지를 내놓고 있었다. 유속은 매우 느려 결코 도
도한 흐름이라고 말할 수는 없었지만 어쨌든 안양천 전체
폭을 가득 메우고 물이 흐르는 것을 보는 것은 모처럼의
감격이었다. 어렸을 적 낙동강에 큰물이 졌을 때 어른들
의 손을 잡고 서서 바라보던 망망한 강물이며 그 위에 떠
내려가던 집, 가축, 통나무 같은 것들 이후 이만한 장관도
별로 볼 기회가 없었던 것이다.

얼마 후 수해 복구 작업이 진행되던 시점에서 나는 다

나의 초라한 반자본주의

시 자전거를 타고 안양천을 찾았다. 과연 물은 다시 유로로 좁혀들고 넓은 부지가 원래의 모습을 드러냈다. 뿌옇게 뻘흙을 덮어쓴 갈대들이 더러는 쓰러져 누워 있고 더러는 다시 허리를 펴고 있는 모습은 어딘가 강인하고 역동적인 느낌을 주었다. 다리 밑 교각에 덧댄 철 구조물에는 홍수에 실려온 쓰레기가 높다랗게 걸려 있고 군데군데 고인 물에는 비 개인 하늘빛이 비치고 있었다.

한바탕 흙탕물이 지나간 안양천은 마른 흙빛으로 인하여 전반적으로 뿌연 빛깔을 띠었는데 그것은 흰색을 많이 섞어 그린 유화처럼 보였다. 그런데 그 뿌연 빛깔 위로 완연히 새로운 신록이 출현하고 있었다. 그것은 매우 경이로운 모습이었다. 불과 며칠만인가! 그 사이에 저 이름 모를 잡초들은 싹을 틔워 뻘흙 사이에서 뾰족뾰족 솟아나고 있었던 것이다. 심지어 쓰러져 누운 갈댓잎 위에 쌓인 뻘흙에서도 풀들이 자라고 있었다. 습지에는 맹꽁이들이 코 막힌 소리로 요란하게 울고 있었고 부쩍 늘어난 잠자리들은 자전거로 달리는 얼굴이며 다리에 무시로 와서 부딪친다. 하루살이들도 부쩍 늘어나 그 후 마라톤을 하는 날에는 곳곳에서 머리를 숙이거나 입을 다물고 달리지 않으면 안 되었다. 이마에 흐르는 땀을 훔치면 대여섯 마리씩 땀에 익사한 놈들이 손등에 묻어난다. 길게는 하루, 짧게는 3, 4시간밖에 못 산다는 이 미물들의 집요한 군무를 뚫다 보면 생명의 맹목적 집요함이 우리와 다르지 않다는 것을 느낀다. 큰물이 지고 난 후의 안양천은 그렇게 숨쉬고 있었다.

인간들이 무너진 둑을 보수하고 쓰러진 담장을 세우고 수재의연금을 내느라 길게 줄을 서는 사이에 안양천의 식물들은 무슨 박테리아처럼 저들만의 방식으로 대대적인 청소작업에 돌입한 듯했다. 군데군데에 쌓인 쓰레기와 죽은 물고기를 부패시키며 풀들은 자라 어떤 것들은 다시 토양으로 돌려보내고 어떤 것들은 분해하여 대기 중으로 날려보냄으로써 문명의 오탁이 꾸역꾸역 몰려들고 있는 이 저지대를 억척스럽게 가꾸어가고 있었던 것이다.

봄부터 지금까지 나는 지칠 줄도 모르고 안양천과 놀고 있다. 나는 문명의 개숫물이 흘러 내려가는 이 거친 저지대에서 잠시 숨을 쉰다. 이런 휴식도 어쩌면 내 존재에 있어서는 불성실과 도피를 의미하는 것인지도 모르겠다. 그러나 이만한 휴식도 없이 어떻게 이 곤고한 세월을 살아간단 말인가. 이제 초가을이다. 안양천의 뿌연 흙빛은 어느덧 다시 녹색의 풀빛들로 바뀌었다. 그래도 자세히 보면 풀더미 아래에는 아직도 큰물의 상처가 뿌옇게 혹은 시커멓게 남아 있다. 그래도 안양천은 지난달보다 훨씬 더 차분해졌고 파란 하늘 아래에는 군데군데 코스모스가 피어 그림처럼 고운 정경을 연출하고 있다. 이제 그 코스모스도 쓰러져 눕고 풀들도 누렇게 시들어 본격적인 가을의 모습을 보이는 것도 시간문제일 것이다. 그리고 머지않아 겨울이 오면 이 헐벗은 안양천에도 눈이 올 것이다.

　　　　　　　　　나의 초라한 반자본주의

나는 눈 덮인 안양천의 모습이 벌써부터 궁금하다. 그때 자전거 바퀴 자국이 난, 하얀 길을 입김을 뿜으며 걸어가 보고 싶다.

병든 도시의 정맥, 안양천을 생각하면 나는 공연히 마음이 아득해지고 눈물겨워진다. 그리고 이하석처럼 이 버려진 저지대低地帶에 찬가를 보내고 싶어진다.

풀이여 깡통이여, 너희들이 향하는 인간의 세계는
늘 고통으로 너희들 곁에 있다, 버려진 채로
더욱 확실하게 모든 것을 떠받들고서.

이하석, 「어떤 버려진 골짝이라도」에서

It's me

인연이란 무엇일까? 간단히 말하면 사람과 사람의 만남을 말할 것이다. 그러나 모든 만남을 다 인연이라 부르지는 않는다. 인연이라 부르는 만남은 그저 만나는 것이 아니라 사람 속의 그 어떤 것끼리 만나는 것일 때 비로소 그렇게 부르는 것 같다. 그렇다면 실제 만나지 않고 이루어지는 인연도 있을까? 만남의 개념을 너무 넓게 잡지만 않는다면 나는 얼마든지 그런 인연이 존재할 수 있다고 믿는다.

70년대 어느 한때였을 것이다. 어디에선가 《선데이서울》 한 권을 뒤적이다 나는 흥미로운 기사를 하나 접했다. 당시 신예 탤런트였던 여운계 씨에 대한 기사였는데 기억나는 내용을 토대로 대충 재구성하면 다음과 같다.

여운계 씨는 고려대학교 국문학과를 나왔다. 학교 때부터 다분히 탤런트 기질이 있어서 연극도 하고 운동회

나의 초라한 반자본주의

때면 응원단장도 했다. 그러나 그녀는 활달해 보이는 외양에도 불구하고 내면적으로는 청춘의 번민도 많아 자주 학교 뒷산의 오솔길을 혼자 거닐곤 했다. 그날도 혼자서 외진 산길을 거닐고 돌아오는데 그만 시간이 늦어 주변이 어둑어둑해지고 말았다. 당연히 좀 무서웠을 것이다. 조마조마한 마음으로 발걸음을 재촉하던 그때 어두운 산길 저편에서 검은 그림자 하나가 다가오고 있었다. 외줄기 산길이라 피할 수도 없는 상황이었다. 그림자가 점점 가까이 다가오자 그녀는 겁에 질려 자신도 모르게 외쳤다.

"후(Who?)."

난데없이 평소에는 쓰지도 않던 영어가 튀어나왔다. 순간적으로 그녀의 탤런트 기질이 발휘되었다고 할까? 어렴풋이 식별 가능할 정도로 다가온 검은 그림자는 바바리코트를 입은 한 남자였다. 주머니에 손을 찌른 채 여전한 보폭으로 다가오던 바바리코트는 굵직한 목소리로 이렇게 대꾸했다.

"잇츠미(It's me)."

어두운 산길에서 각본도 없이 순간적으로 연출된 이 한 장면은 그들에게 운명적인 것이 되었다. 이들은 연애를 했고 결국 결혼에 골인했다. 기사가 나올 무렵 그녀의 남편은 프랑스에서 외교관으로 근무 중이었고 활발한 드라마 활동을 하던 여운계 씨는 아이들을 키우며 남편과 수년째 떨어져 사는 애환을 인터뷰에서 피력했던 것 같다.

세상사의 어떤 것은 매우 중요한 것임에도 쉽게 잊혀지지만 반대로 어떤 것은 매우 사소한 것임에도 오래 기억되는 것이 있다. 《선데이서울》의 그 기사는 전형적으로 후자에 속했다. 썰렁한 70년대의 한 허리, 싸구려 잡지에서 얻은 이 스틸이 왜 그런 특별한 것이 되었는지는 나도 잘 모르겠다. 그저 마음 맞는 술자리에서, 어느 등산길 모퉁이에서, 먼 여행길의 차중에서 나는 반복해서 그 이야기를 누군가에게 들려주곤 했다. 결혼하고 나서는 아내에게도 들려주었으니 나는 도무지 그 에피소드에 관한 한 열렬한 전도사가 된 셈이다.

20대 중반 내 영혼이 헤매고 있던 그 황량함과 여운계 씨가 그 활달한 성격의 이면에서 겪었다는 청춘의 번민 사이에 무슨 공명 같은 것이라도 있었던 것일까? 아니면 그런 상황에서도 난데없이 "후?"를 던질 수 있었던 그녀의 엉뚱함에 내가 매혹되었던 것일까? 또 아니면 그녀의 "후?"와 그 바바리코트의 "잇츠미" 사이에서 거역할 수 없는 숙명 같은 것을 읽은 나의 지나친 민감성 때문이었을까? 가끔 그녀가 나오는 텔레비전 드라마를 볼 때마다 나는 그 젊은 날의 화두를 떠올려보지만 드라마 속의 그녀는 아무런 단서도 내비치지 않았다. 수많은 텔레비전

　　　　　　　　　　나의 초라한 반자본주의

출연에도 불구하고 한 번도 그녀의 입에서 그 에피소드가 다시 거론되는 것을 본 적이 없었기 때문에 그 보석 같은 에피소드는 어느 누구도 다시 들춰볼 가능성이 없는 낡은 잡지의 한 페이지와 역시 낡은 내 기억의 한 자락으로만 존재한다는 그 비밀스러움으로 인하여 더욱 애착이 가는 것이 되었는지도 모를 일이다.

세월이 흘러 이젠 내 삶 속에서 그 에피소드를 이야기 하는 일도 점점 드물어져 가던 약 2년 전, 대전에서 객지 생활을 하고 있을 때였다. 나의 사무실로 낯선 전화가 한 통 걸려왔다. 어느 70대 노인의 전화였다. 그는 서울에서 대학교수 생활을 하다가 지금은 은퇴해 제주도의 어느 한 적한 곳에서 살고 있다면서 전화를 건 이유를 이렇게 말 했다. 얼마 전 자신의 친구이자 서울대학교의 천문학 교 수를 지내다 역시 오래전에 은퇴한 이모 교수를 만났더니 내가 쓴 책 『어른되기의 어려움』을 읽었다며 그 책을 보 여주면서 호평과 함께 일독을 권하더라는 것이다. 그래서 그 책을 빌려와서 읽어보았는데 왜 그 책을 권했는지 알 겠더라는 이야기였다.

어떤 저자에게 있어서나 책을 낸 후 이런 호의적인 반 응을 듣는 일은 최대의 보람이자 기쁨이 아닐 수 없다. 최 근에 낸 책도 아니고 이미 출간된 지 5년이 넘은 책이라 나는 말할 수 없이 고마웠다. 저자에게 전화를 건다는 것 은 결코 쉬운 일이 아니다. 우선 전화하려고 마음먹는다는 것도 쉬운 일이 아니지만, 전화번호를 모르기 때문에 실행에 옮긴다는 것은 더더구나 희소한 일이었다. 일부러 출판사에 전화를 해서 사정 이야기를 하고 저자의 전화번호를 건네받지 않으면 불가능한 일이었기 때문이다. 노인은 언제 제주도에 올 일이 있으면 한번 만났으면 좋겠다는 말도 했고 자신도 가끔은 서울에 가니 언제 서울에서 만나는 것도 생각해보자고 했던 것 같다. 나도 가급적 그럴 수 있기를 원한다는 말을 더듬거리며 통화를 마쳤을 것이다.

그리고 2년여의 세월이 흘렀다. 그 사이에 나는 그 전화에 대해서 잊어버리고 있었다. 10여 년 넘게 쓰고 있는 일기를 가끔 한가한 시간에 뒤적여보는 버릇이 없었더라면 어쩌면 완전히 잊어버렸을지도 모른다. 두어 달 전 어느 날 나는 예의 그 버릇에 따라 일기를 뒤적거리다가 우연히 2년 전의 그 기록에 눈길이 갔다. 그래 맞아. 제주도에 산다는 어느 전직 대학교수 양반이 고맙게도 전화를 했지. 미안하게도 그동안 까맣게 잊었지만 나는 그날의 그 전화를 단숨에 회상해낼 수 있었다.

차○○ 나의 비교적 치밀한 기록 습관은 그의 이름 석 자를 정확히 기록해두었다. 그의 이력에 대한 더 진전된 호기심 때문이었는지 나는 무심히 인터넷 검색창에서 그의 이름을 검색해보았다.

여러 명의 동명이인 가운데에서 전직교수 차○○을

나의 초라한 반자본주의

찾는 것은 그리 오래 걸리지 않았다. 뉴스 사이트에 특히 여러 건의 검색 결과가 올라와 있었다. 몇 장의 사진도 있었다. 벗어진 머리와 붉은 얼굴, 짙은 눈썹 아래 형형한 눈매, 평범한 70대 노인은 탤런트 여운계 씨의 죽음 앞에서 남편으로서의 안타까움을 담담히 취재기자에게 토로하고 있었다. 굵은 빗금 하나가 유성처럼 마음 한가운데에 쿵하고 내려와 박히는 듯했다.

2년 전, 대전의 내 구석진 방을 물어물어 찾아와주었던 그 고마운 전화의 주인공이 여운계 씨의 남편이라는 사실을 알아차리는 데는 물론 시간이 걸리지 않았다. 그러나 그가 까마득한 세월 저쪽 어느 20대 여대생의 불안한 눈길 속으로 태연히 다가오던 바바리코트의 주인공이자 저 "잇츠미"의 주인공이라는 사실, 더 나아가 내 젊은 날 그 숱한 술자리에서 반복해서 누군가에게 들려주었던 그 에피소드의 주인공이라는 사실까지 알아차리는 데는 약간의 시간이 더 걸려야 했다.

물론 나는 제주도에 가지 못 했고 서울에서라도 한번 만나자던 그 느슨한 약속도 지키지 못했다. 다만 나는 이 사소하면서도 기묘한 인연을 생각하며 감회에 잠기는 일이 많아지게 되었다. 그 오솔길 한 모퉁이의 스틸에 내가 그토록 애착을 보였던 것을 잘 설명할 수 없듯이 그는 내 글의 어느 모퉁이에서 어떤 느낌을 받았기에 내게 그토록 어려운 전화를 하게 되었던 것일까? 헤아려도 잘 짐작이 되지 않았다. 어쩌면 그 긴 세월 동안 내가 그 에피소드에

기울인 애착이 내 글의 어느 구절엔가 보이지 않게 실려
그분의 마음 한켠에 전해지기라도 했던 것일까?

밤하늘에 작은 별 하나가 소리도 없이 태어나듯 그 인
연은 이제 내 삶과 의식의 궁륭 한켠에 은밀히 자리 잡아
작지만 또렷한 빛을 발하고 있다. 나는 그것이 단지 비유
만이 아니라 생각한다. 밤하늘을 올려다볼 때 쏟아부은
듯 무수히 작은 별들이 우리의 가슴을 그토록 영롱하게
하고 또 설레게 하는 것이 우리가 우리 삶에서 엮는 그 숱
한 인연들을 전제로 하지 않는다면 과연 가능한 일일까?
뒤늦은 깨달음으로 나는 오래 가슴이 벅차오르는 것을 어
쩌지 못하고 있다.

상처는 세상을 내다보는 창이다

정초에 컴퓨터를 고치겠다고 연장을 다루다가 무심결에 손을 다쳤다. 작업에 너무 취해 있었던 탓인지 손이 좀 쓰리다는 것만 느꼈는데 나중에 보니 컴퓨터 곳곳에 피가 묻어 있었다. 약을 바르고 반창고를 붙여 놓았으나 움직임이 많은 부분이라 제대로 붙어 있지를 않았다. 아물다가 피가 나고 또 아물고, 딱지가 앉다가 떨어지고 또 딱지가 앉고 하는 과정이 반복되었다.

그 상처를 다스리면서 나는 마음에 난 상처를 생각해보았다. 우연한 연상일 수도 있고 또 그 순간을 자극한 어떤 마음의 상처 때문일 수도 있었을 것이다. 마음의 상처가 아물고 더치고 하는 과정이 몸의 경우와 매우 흡사하다는 생각이 들었다.

막연히 인간에게는 얼마간의 상처가 필요하다는 생각을 늘 해왔다. 원론적으로 볼 때 상처는 우리의 마음에 깊은 음영을 드리움으로써 거취와 언행을 성숙하게 해주는 계기가 된다고 믿었기 때문이다. 아무런 상처 없이 고이 자란 사람의 시선은 사물의 표면에만 머물기 쉽다. 인간사의 다양하고 미묘한 내정內情은 제가끔의 상처를 통해, 더 정확히 말한다면 상처를 다스리면서 형성된 경험세계를 통해 비로소 인지되는 것이다. 그 점에서 본다면 상처는 세상을 내다보는 창이기도 하다.

그러나 너무 심각한 상처는 때로 그것을 치유하고 극복하려는 의지 자체를 압살해버리기도 한다. 실제 세상에는 치유할 수 없는 상처를 안고 그 고통에 짓눌려 한평생을 불행하게 살다 떠나는 사람이 많다.

할 수만 있다면 상처는 그것을 극복하려는 의지와 균형을 이룰 필요가 있다. 그러나 상처는 우리가 임의로 통제할 수 있는 대상이 아니다. 상처 그 자체는 대부분 우연적이고 개별적인 불행이기 때문이다. 다만 상처를 극복하면 우리는 그 우연성과 개별성을 넘어 필연성과 보편성을 갖춘, 한 차원 높은 세계로 진입할 수 있을 뿐이다.

지난날을 돌아보면 많은 상처가 가난에서 왔다. 내가 초등학교에 다닐 때만 해도 우리나라의 1인당 국민소득은 100달러 미만이었다. 가까운 주변에는 점심 도시락을 싸 가지고 다니지 못하는 아이들이 많았고 술도가 앞에는 술지게미를 얻어먹기 위해 사람들이 길게 줄을 서곤 했다. 그래서 그 시대를 살던 사람들은 설움이라는 것을 안다. 그것은 비참한 삶의 여건과 인간의 포기할 수 없는 자존심이 부딪혀 엉긴 정서적 결정이었다. 산업화 이전의 인간상에서 인격이라든가 인간적 위엄이라든가 하는 요소들은 대부분 이 설움 속에서 배태되었다고 해도 과언이 아닐 것이다.

요즈음 자라는 아이들은 그 설움을 모른다. 풍요의 시대에 설움은 이미 걸맞지 않는 정서가 되었기 때문이다. 그들은 설움 대신 시시콜콜한 순간적 욕망의 차질이 빚어내는 짜증을 알 뿐이다. 짜증은 이 시대를 범람하는 광범위한 물화物化의 정서적 측면이다.

물론 상처는 가난에서만 오는 것이 아니다. 생각보다 많은 상처가 피에 얽힌 상처다. 피는 묘하게도 쉽게 상처를 유발하는 요인이 된다. 그리고 다른 어떤 상처보다 집요하고 잘 낫지 않는 특성을 보인다. 나의 오랜 친구가 모친상을 당했을 때 나는 빈소에서 그와 나란히 서 있는 낯선 상주 한 분과 대면하게 되었다. 그분은 내 친구가 지난 30여 년 동안 내게 한번도 이야기한 적이 없는 그의 배다른 형이었다. 그리고 그 사실은 내가 그와 관련해 이해하기 어려웠던 많은 부분을 이해하는 계기가 되었다.

피에 얽힌 상처는 다양한 모습으로 집단화되기도 한다. 종족 간, 지역 간 혹은 사회계급 간의 무참한 갈등 가운데에서 우리는 피에 얽힌, 집단화된 상처를 종종 엿볼 수 있다. 그 경우에도 마찬가지로 상처는 잘 치유되지 않고 끝없이 덧치는 경우가 많다.

그러나 피에 얽힌 상처는 그것을 극복하기 어려운 만

큼 그것을 극복했을 때는 엄청난 변화를 만들어낸다. 개인에게 있어서도 집단에 있어서도 그 변화는 때로 창조에 가까운 것이 되기도 한다. 우리나라의 매우 영감 어린 건국신화에 의하면 이 찬란한 인간세人間世는 천상의 한 서자庶子가 스스로 피의 비극성을 극복하는 과정을 통해 창조되고 있다. 인류 역사에 부인할 수 없는 커다란 영향을 미친 히브리 민족의 야훼신앙도 이집트의 노예라는, 피에 얽힌 집단적 상처를 극복하는 긴 역사를 통해 구축된 것이었다.

이루지 못한 꿈의 상처도 있다. 그것은 종종 가난의 상처와 오버랩되기도 하지만 역시 별개의 영역을 구성한다. 그 양상은 인간이 가질 수 있는 꿈의 다양성만큼이나 다양할 것이다. 펼쳐보지 못한, 이제는 용도폐기된 꿈을 마음 가장 깊숙한 곳에 남몰래 접어두고 사는 사람의 서늘한 흉중을 생각하는 것은 생각하기에 따라 끔찍하고 무서운 일이다.

남녀 간에는 영속하지 못하는 사랑이 흔히 상처로 남는다. 백년해로의 언약을 지키지 못하고 헤어지는 부부의 수는 날로 늘어나고 있다. 그 모든 경우가 크든 작든 당사자들의 삶에 상처로 남는다.

맺어지지 못하는 사랑도 마찬가지다. 내가 아는 한 후배는 한 여자를 끔찍이 짝사랑했다. 소심한 성격에 벼르고 벼르다 어렵게 사랑을 고백했지만 그녀는 그를 받아들이지 않았다. 그 얘기를 들려주며 그는 이제 그녀를 잊으

나의 초라한 반자본주의

려고 애쓰고는 있으나 어떻게 잊을지 모르겠다고 쓸쓸히 말했다. 몇 년 후 그는 다른 여자와 결혼하여 지금껏 소리 없이 살고 있지만, 그 상처는 어떤 형태로든 그의 삶 속에 남아 가끔씩은 더치고 있을 것이다.

사랑받지 못한 상처, 인정받지 못한 상처, 모욕당한 상처, 버림받은 상처, 배신의 상처, 이별의 상처……. 상처는 도처에서 온갖 모양으로 우리의 삶에 등장한다. 그리고 우리는 그 상처를 다스리며 인간의 심연을 이해하고 우리를 관류하는 인간의 운명을 헤아리는 것이다. 내가 아는 그 후배의 상처도 그것을 극복하려는 그의 의지에 비해 지나치게 심각하지만 않다면 오히려 그의 결혼생활을 훨씬 진실하고 행복한 것으로 만드는 계기가 되었을 것이라 믿는다.

상처라는 통념에 초점을 맞추고 보면 이야기는 대체로 이런 정도의 개연성에 귀결한다.

그러나 우리가 세상을 바라보는 문제, 깊고 슬기로운 눈을 갖는 문제, 다시 말해서 그 자체가 통념이 되기 어려운 일련의 궁극적 과제에 초점을 맞추고 보면 이야기는 그 개연성의 벽을 넘어 다시 나아가게 된다.

별세한 문학평론가 김현 선생은 마음이 매우 따뜻한 사람이었다고 한다. 그것은 그를 존경하는 몇몇 후배의 이런저런 글에서도 보이고 또 그를 잘 아는 내 친구에게서도 들어 확인한 바 있다. 고종석의 『서얼단상』에 보면 이 따뜻한 마음의 소유자는 분명히 어떤 마음의 상처를 가지고 있을 터인데, 그의 생애를 보면 전혀 그런 상처를 찾아볼 수 없다는 어느 시인의 지적이 소개되어 있다. 그러면서 고종석은 겉으로 드러나지 않은 김현의 숨은 상처로서 그가 전라도 사람이라는 것이 작용하지 않았을까 하는 가정을 제시하고 있다. 말하자면 집단화된 피의 상처가 그에게 있었을 것이라는 말이다.

물론 그럴 수도 있을 것이다. 그런 가정을 반드시 부인하는 것은 아니지만, 일반적으로 인간에 대한 깊은 이해와 연대가 반드시 삶의 어떤 상처를 통해서만 이루어지느냐 하는 또 다른 의문을 제기해볼 수 있다.

삶을 돌아보면 모든 상처가 지혜나 사랑을 낳는 것은 아님을 알 수 있다. 마찬가지로 모든 지혜나 사랑이 우리가 일반적으로 말하는 그런 상처를 경유하는 것도 아닐 것이다. 상처와 지혜 사이의 연관을 지나치게 강조하다 보면 우리는 또 다른 결정론에 빠지고 만다. 역사상 인간에 대해 높은 사랑과 이해를 실천한 정신이 모두 그런 개별적인 상처에서 나왔겠느냐고 자문해보더라도 우리는 당장 곤혹스러워질 것이다.

가장 대표적인 예로 고타마 싯다르타의 경우를 들 수 있다. 그는 왕자였다. 이 세상에 부러울 것 하나 없는 신분이었고, 궁성 안에서의 그의 삶은 행복 그 자체였을 것이다. 그가 삶의 고민을 시작한 것은 소위 사문유관四門遊

觀*을 거치고 나서였다. 태어나 늙고 병들고 죽어가는 인간의 모습을 보고 그는 새로운 삶의 길을 걷기 시작한 것이다. 최근에 그가 아주 어둡고 불운한 젊은 시절을 보냈을 것이라는 새로운 학설이 제기되고 있는 만큼 그것은 사실이 아닐 수도 있을 것이다. 그러나 그것이 한갓 설화적 구성이라 할지라도 그런 삶이 현실적으로 있을 수 있음을 부인할 수는 없을 것이다.

그렇다면 그런 삶에서 인간의 상처와 깨달음 내지 성숙은 어떤 관계로 구성되어 있을까? 여기에서 나는 앞서와는 조금 다른 논리를 생각해보게 된다.

즉 어떤 유형의 인간에게는 삶의 체험이라는 것이 일반적인 경우와는 달리 자기 일신에만 국한되지 않고 매우 심원한 관계망을 지니고 있어서 그가 보고 듣고 느끼는 모든 것이 심대한 자극으로 그의 영혼에 작용할 수 있다는 것이다. 말하자면 그는 스스로의 가난이나 피의 비극성 등에 제한되지 않고 가장 먼 곳에서 오는 가장 미세한 인간사의 메시지마저도 그것이 인간 존재의 근원적인 문제와 관련된 것이라면 그것을 자신의 삶의 내용으로 받아들이고, 인식하고, 반응하는 타고난 체질을 지닐 수 있다는 것이다.

---

* 싯다르타가 태자 때 가비라성迦毘羅城 밖으로 놀러 나갔다가 동문 밖에서는 노인을, 남문 밖에서는 병든 사람을, 서문 밖에서는 죽은 사람을, 북문 밖에서는 승려를 만나, 늙고 병들고 죽는 고통을 해결하기 위해 출가하기로 결심했다는 고사.

그런 각도에서 문제를 다시 볼 때 나는 기왕의 내 생각을 수정하거나 최소한 조건을 달지 않을 수 없을 것 같다. 인간에게는 정말로 얼마간의 상처가 필요한 것일까? 개연적으로는 그렇다. 그러나 우리가 그것을 필연적인 명제로 받아들이려면 상처에 대한 지금까지의 통념은 수정되지 않으면 안 될 것이다.

상처란 무엇인가? 가난만이, 피의 흠결만이, 좌절된 꿈만이 상처가 아니다. 사문유관 후 싯다르타에게는 그가 본 모든 것이 상처였다. 그것은 단지 궁성 밖의 현실이 아니라 화려한 궁실 안, 왕자라는 신분에 둘러싸인 그 자신에게 있어서도 똑같이 관류하는 근본적 인간운명이었다.

마찬가지의 관점이 오늘날에도 여전히 유효하다고 생각한다. 우리가 가장 깊은 눈을 열고 이 세상을 그 심연에서부터 바라볼 때, 이 세상 역시 상처로 가득 차 있다. 모든 곳에서 우리는 피 흘림을 보고 신음을 듣는다. 그렇게 본다면 인간에게는 얼마간의 상처가 필요하다고 막연히 여겨졌던 나의 생각도 구태여 잘못은 아닌 셈이다. 다만 엄밀하게 볼 때 필요한 것은 상처라기보다는 이 세상의 미만한 상처를 있는 그대로 볼 수 있는 지적 성실성이라고 바꾸어 말할 필요가 있을 것이다. 돌이켜보면 땅 위에 상처 아닌 것이 어디에 있는가. 어쩌면 인간이라는 존재 자체가 이 광막한 우주의 상처가 아닌가! 단지 우리는 우리가 '보는' 만큼의 상처를 가질 뿐이며 그런 방식으로 가지

나의 초라한 반자본주의

는 상처의 크기만큼 지혜와 인간적 연대를 확보하는 것이라 생각한다.

희비애락에 노출된 인간의 삶은 드러난 상처와도 같다. 최후의 순간에 지혜는 그 모든 상처와 일체화된다. 정초에 입은 손의 상처도 이제는 단지 거뭇거뭇한 흔적으로만 남았다. 마치 아물고 더치고 하며 언젠가는 이르러야 할 내 삶의 일체화를 가리키는 은유처럼.

이영유의 시와 삶

시인 이영유가 첫 시집을 선보인 것은 1985년, 그의 나이 서른다섯 살 때였다. 문학과지성사에서 나온 이 첫 시집 『그림자 없는 시대』는 별로 관심을 끌지 못했다. 그 후 2003년 『검객의 칼끝』까지 20여 년간 그는 모두 네 권의 시집을 더 냈지만 그의 시가 세간의 관심을 끌었다거나 최소한 평단의 특별한 주목을 받은 기미는 나타나지 않았다.

비교적 긴 시작생활에도 불구하고 그의 시가 이렇다할 공감의 영역을 형성해내지 못한 것은 그의 시가 스스로 만들어낸 결과였다. 그의 시는 그런 공감의 영역을 만들지 못했을 뿐 아니라 그런 공감을 애써 거부하는 듯한 느낌마저 주고 있다.

수년 전, 그는 나에게 시 선집을 내고 싶으니 시선詩選을 좀 해달라며 그동안 나온 시집을 건네준 적이 있었다.

나의 초라한 반자본주의

그 부탁을 받고 시를 고르며 나는 그의 시 중에 높은 형상
화를 달성하고 있는 시가 극히 적다는 사실을 절감하였
다. 이를테면 아무렇게나 고른 시 하나.

울리고 또 떨리고
그런다
말대답 없으면
간 줄 알라는
제발 부탁드린다는
아무도 없을 때나
너무 많을 때나
오라는 데 없어도 갈 곳은 많고
부르는 데 없어도 찾을 데 많고
하여가
흔들리고 흔들고
뭐라고 그러믄
그냥 돌아오라던
두 번도 보고 세 번도 보다
마냥 죽치는

「거기에는 아무도 가지 않는다」

이런 시에서 독자들은 무엇을 보고 비평가들은 무엇
을 읽어낼 것인가. 무언가가 설핏 그려지지만 그것은 전

체적인 그림을 보여주지 않고 토막 난 부분들은 뚜렷한 연관 없이 흩어져 있을 뿐이다. 마치 아무리 해도 꿰어 맞춰지지 않는 퍼즐과도 같다. 이런 시가 한두 편에 그치는 것이 아니라 대부분에 걸쳐 있을 때 독자들은 어지러운 영상만 안고 책을 덮고, 평론가들도 의미구성을 포기한 채 그의 시를 피하게 될 것이다. 나 역시 그의 시를 읽을 때 그런 불소통의 느낌을 광범위하게 받았다. 그러나 묘하게도 그의 시집을 덮을 때, 독자는 "터무니없는 시로군" 혹은 "되다만 시로군" 하는 평가를 내리는 것이 아니라, 그의 시가 가진 단단한 거절 장치에 부딪혀 속수무책으로 발길을 돌리는 듯한 느낌을 받는다. 무언가가 거기에 있지만 야멸차게 공감을 거부하며 폐쇄적 의미를 저 홀로 되씹고 있는 듯한 느낌이다.

그러나 모든 작품이 다 그러한 것은 아니다. 드물기는 하지만 어느 정도 형상화가 이루어져서 의미추출의 욕구를 작동해볼 만한 작품이 있고, 이는 그의 시가 일부러 형상화를 거부하거나 공감을 무시한 채 지어진 것이 아님을 증명해주는 것이기도 하다. 소통이 어려운 시들 틈에서 이런 시를 만나면 독자나 비평가들은 우선 반갑기가 그지없다.

어떻게 사느냐고 묻길래
밥 먹고 산다고 대답했다

　　　　　　　　나의 초라한 반자본주의

그는 그냥 갔다

온통 자갈과 낙엽만 뒹구는
집들 사이로, 비가 내린다
세무서 사람들도 별로 할 말이 없는 것 같았고
불심 검문도 별일 없이 지나친다
느닷없이 눈깔사탕이 먹고 싶다 느닷없이

어떻게 왔느냐고 묻길래
구두를 신고 왔다고 대답했다
그는 그냥 갔다

아무도 없는 텅 빈 방에 나 혼자
서 있다
하늘이 조금씩 조금씩 내 어깨 위로
내려온다
어디를 가느냐고 또, 묻는 듯했지만

「날개」

첫 시집에 해설을 붙인 평론가 진형준은 「우수와 야
유」라는 제하에 "대단한 비꼼과 야유 혹은 역설"을 동반
하는 "삶에 대한 일종의 착 가라앉은 허망한 인식"을 발
견하고 있다.

그러나 이만큼 아슬아슬하게나마 형상화를 구현한 작품들도 그의 시집에는 많지 않다. 내가 그의 부탁에 따라 뽑아준 시들은 돌이켜보면 대부분 형상화의 정도가 상대적으로 높은 작품들이었다. 만약 그 작품들로 시선집이 나왔더라면 읽고 공감하기는 한결 나았겠지만 과연 그런 작품들이 시인 이영유를 대표하느냐 하는 문제가 발생했을 것이다. 왜냐하면 전술한 바처럼 뚜렷한 것이 건져지지 않는, 불완전하고 울림이 없는, 더러는 어색하고, 결코 소화될 수 없을 것처럼 보이는 그의 나머지 시들이 그냥 버려진 것이 아니라 저 나름의 범접하기 어려운 무언가를 안고 여전히 거기에 도사리고 있으며 그것이 때로는 더 이영유다운 개성을 내비치기 때문이다.

완성미가 적은, 형상화가 덜 되어 보이는 그의 시들에 대하여 나는 지나치게 적극적인 의미부여를 하고 싶지는 않다. 그러나 시 읽기의 경험에 비추어 볼 때 오늘날과 같은 상황에서는 시가 지나치게 완성미를 보이고 있다는 것 자체가 하나의 혐의일 수 있다. 오히려 그 반대, 말하고 싶으나 잘 말해지지 않는 것, 시가 자주 불시착하는 일   이것이 어쩌면 시를 둘러싼 더 진정한 상황일 수도 있는 것이다. 나는 서른 살 무렵, 그가 아직 시인으로 등단하기 이전, 아현동 언덕배기에 있던, 그의 불 때지 않은 골방의 벽에 더덕더덕 붙어 있던 습작시들을 생각하면서 적어도 그의 시집에 수록된 저 낯선 어휘들을 그가 결코 의미 없이 발하지는 않았을 것이라는 믿음을 가지고 있다. 그리고 그것이 바로 그의 시집을 덮고 났을 때 무언가 뒷덜미를 끌어당기는 힘과 무관하지 않다고 생각하는 것이다. 그의 시가 독자의 "앞에 있는" 시라기보다는 독자의 "뒤에 있는" 시처럼 느껴지는 이유도 바로 그 때문일 것이다. 앞에 두고 바라보면 도무지 이해할 수 없는 시, 그러나 등을 돌리면 무딘 감각으로 와닿는 그의 별난 시.

혼자선 갈 데가 없니 저녁 바람아
시간이 없니 여자가 없니 새벽 기침아
새벽 기침처럼 말하니 소리치니 우그려
짜부러뜨려라 여전히 혼자서는 셈이
안 되니 갈 곳을 모르니 10시 20분 바다난 볼펜
기름진 하늘 갈 때까지 다 가고도 돌아올 줄
모르는 혼자 혼자서 다 거두려드니 다 토하려 드리
슬픈 오후야 슬퍼서 슬픈 환한 얼굴
잠시 후 그늘이 진다 그늘이 어두워진다 눈꺼풀도
열어보고 콧구멍도 쑤셔보고 귓구멍도 후벼보고
이빨을 득득 긁어 이빨이 입 안에서 화내고
가만히 살고 있음을 확인하는 순간 슬퍼서
슬픈 오후의 기름으로 불이 탄다 찢어진 찢어질
계집의
백지가 탄다 혼자선 갈 데가 없니 시간이
없니   화내고 있나   말했으면

들어라 이 잡년아 바닥까지 쫓아와서 바닥을
내니 저녁 또 쓰러질 새벽 어이 그 끝에……
아직도 말이 할말이 있기는 있니

　　　　　　「화내고 있나 가만히 있나」

　그는 가난하게 살았다. 시를 써서 받는 고료, 이따금
연극연출을 하면서 받는 푼돈, 글짓기 대회의 심사위원,
무슨 축제나 시 낭송회 등의 행사 기획 등에서 생기는 돈
이 전부였다. 주변의 사람들은 하나같이 그가 어떻게 처
자식을 거느리고 사는지 신기해했다. 언젠가 그는 내게
"3, 4개월 동안 10원 한 장 안 생길 때도 있었다"고 했다.
또 전해 들은 이야기에 의하면 그는 월 평균 40만 원 정도
의 돈으로 익숙하게 생활했다고 한다. 그의 생활을 보며
내가 종종 해방 전후 시기에 영화관의 간판광고를 그리며
박인환이 경영하던 마리서사의 프롬프터 역할을 했던
박일영, 김수영이 "성인에 가까운 생활"을 했다고 남달리
평가하던 그 박일영을 떠올리곤 했던 것도 근거 없는 연
상은 아니었던 것 같다.
　"돈을 주체할 수 없을 정도로 많이 주더라"고 하던
《일요신문》의 기자생활을 할 때가 그래도 경제적으로는
가장 나은 시절이었다. 그러나 그는 생래적으로 조직생활
의 질곡을 견디기 어려워하는 체질이었다. 기자생활 도중
에도 그는 출근을 하다가 갑자기 전철에서 내려 집으로

되돌아가 신문사가 난리를 친 경우가 있었다고 했다. 결국 이 위태로운 기자생활은 그리 길지 못했다. 신문사의 경영이 어려워지고 조직이 휘청거리자 그는 신문사를 그만두고 다시 가방 하나만 덜렁 맨 채 무일푼의 길거리로 나다니기 시작했다.

그의 세 번째 시집 『유식한 감정으로 노래하라』에는 돈이 없어 아내에게 결혼 예물로 주었던 금목걸이를 팔아치운 이야기를 비롯해 이 시절의 막막한 현실이 두드러진다.

무얼 한정없이 먹어대는 어린 자식의
그 주둥아리를 무얼로 틀어막아야 할지 근심하는
사이에 아이는 자라 엄마의 눈치도 보고
애비의 허전한 생각도 가늠하는지 고인 물에 떠
할 일 없이 뱅뱅도는 부초처럼 그런
한정 없는 떠돎과 같이 눈을 감았다 또 아무 말도
하지 못 한다 식욕은 자라 마구
욕지거리를 배앝아내고
제 욕만큼 자라 마구 거칠어진 머리통을
한정 없이 흔들어대며 초점 흐린 눈으로 또
어딘가로 가려는지 건널목의 신호등이
파란 불빛으로
바뀔 때까지 그냥 업힌 채로 가만히 못 배기는
어린놈의 주둥이에 되는 대로 먹을 것을

처질러주고도 한참을 불빛이
가리키는 대로 붙어 있다
수없이 불어난 주둥이를 달고 끌고 하늘 아래
빤한 그 세상을 눈치를 보고
처먹은 대로 욕지거리를
들으며 집도 절도 없이 크고 거칠게
한정 없이 돌아다닌다 먹고 게우고 지칠 때까지
쏘다닌다 우연찮게 선 자리에서 마구
흐르는 땅을 타고 뺑소니치듯 그냥 달린다
없어져 버린다

「내가 어제의 들풀처럼 떠도는 이유는」

언젠가 한번은 "나도 구태여 돈을 벌려고 하면 벌 방법이 없는 것은 아니야. 그러나 그렇게는 안 해" 하고 말한 적이 있었다. 나는 그 방법이라는 것이 무엇인지 물어보지 못했지만 대략 논술과외 같은 것이 아니었을까 하고 나름대로 짐작해보았다. 그의 말대로 그는 돈을 벌기 위해 아무 짓이나 하는 체질은 못 되었다. 그는 스스로도 말했듯이 "좋아하는 것만 좋아하는"(『그림자 없는 시대』 발문) 체질이었다.

두 번째 시집 『영종섬길』의 말미에 그는 자신이 살아온 내력을 간단히 소개하면서 "마포에 있는 용강국민학교에 입학, 4학년 때부터 학교 교육이 마음에 안 들어 거의 매일 노고산(지금 서강대학교가 있는 산)에 가서 놀았음. 이때부터 강압적이며 틀에 박힌 학교 교육에 저항하느라 고등학교 졸업 때까지 공부를 한 것이 아니라 학교를 피해 다니느라 그저 고생을 함"이라고 적고 있다. 그러나 공부를 않고 놀았으면서도 그는 경기중학교에 들어갔다. 그것이 경기고나 서울대로 이어지지는 못했지만 나는 종종 그의 삶이나 사고를 접할 때 이 어릴 적의 천재성이 정상적인 발현을 거부한 채 그의 의식의 보이지 않는 구석으로 스며들어 말라붙어 있는—결코 죽지는 않고!—것 같은 느낌을 받곤 했다. 연극연출과 시쓰기는 이 보이지 않는 구석行이의 외현外現이었을 것이다.

어려서 학교를 피하듯 그는 사회를 피했다. 그는 세상 사람들이 좋아하는 많은 것을 한사코 좋아하지 않았다. 권력도 부도 명성도 그에게는 마치 없는 세계 같았다. 많은 사람이 그런 세계를 야유하고 질시, 비방하는 방식으로 그런 세계에 대한 숨겨진 욕망을 드러내는 것에 비하면 그에게는 확실히 그런 숨겨진 욕망마저 없었다. 이를테면 나는 한 번도 그가 권력세계를 이야기하거나 권력자의 이름을 입에 올리는 것을 본 적이 없었다. 심지어 문화예술 분야에 걸쳐 이름만 대면 알 만한 유명인사들을 많이 알고 있었지만, 그와 함께한 그 수많은 술자리에서 그는 도무지 그들의 이름을 들먹이지 않았다. 거대 담론 따위도 안중에 없었다. 누굴 욕하지도 않았고 흥분하는 일도 없었다. 만약 이 글을 읽는 사람 중에 평소에 그를 잘 알았던 사람이 있다면 나는 그에게 시인 이영유가 어떤 특별한 것을 가지고 있었느냐 하는 것에 입각해 그를 이해하기보다 다른 많은 사람들이 빠져들기 쉽고 가지게 되기 쉬운 속된 그 무엇이 그에게는 얼마나 없느냐 하는 것에 입각해 그를 되돌아볼 것을 권하고 싶다. 그러면 확실히 그가 매우 남달랐다는 나의 생각에 동의할 수 있을 것이다.

그의 시도 마찬가지였다. 모든 평론가가 지적하듯이 그의 시는 쉽게 이해되지 않고 낯설지만 나는 그가 적잖은 시인들이 타성처럼 빠지는 그런 난해시에 길들여진 시인으로 생각해본 적은 한 번도 없었다. 그는 난해시의 기법을 흉내내지 않았을 뿐 아니라 그 어떤 형태의 멋부리는 시적 기교와도 거리가 멀었다. 시인이 독자를 의식하지 않고 시를 쓸 수야 없지만 적어도 부정적인 의미에서 독자를 의식하여 운필한 흔적도 찾아보기 어렵다. 나는 그가 그 나름의 방식대로 이 세상과의 진정한 접점을 찾아 헤매며 한 생애를 살았다는 것을 지금 돌이켜 확인한다. 그는 마치 이 세상 모든 문제를 추상화한 다음 스스로의 존재와 일상성 아래에서 그것들을 그만의 방식으로 곱씹었던 것 같다. 정치도 역사도 문명도 그의 언설에는 등장하지 않았지만, 실은 그 모든 것이 그의 푸념 같은 중얼거림 속에 추상화되어 정당한 비중으로 들어 있었다고 나

나의 초라한 반자본주의

는 생각한다.

집으로 가는 길은 멀다
다리를 건너고 개울과 냇가의 잔물결들을 따라
집으로 가는 길은 멀다
건물과 건물 사이 건널목을 돌아 위험과
非常이 시한폭탄처럼 또는
지뢰처럼 복면을 하고 숨어 있는 골목을 건너
집으로 가는 길은 멀다
세상 모든 길들이 지워지고
세상 모든 신호가 자취 감춘 곳
세상 모든 그림자가 씻은 듯 사라지고
홀로, 집으로 가는 길은 멀다
눈을 뜨고 가물가물 뜬눈으로 몰려오는 세상과
위험 수위의 알 수 없는 표시들,
그것들을 밝게 해주는
붉은 불빛들
거리를 지나 번잡을 지나 유령처럼 일어서는
불빛들을 지나, 골목과
뒷길과 한길을 넘어, 무한정 찾아가는 길
집으로 가는 길은 멀다
집으로 가는 길은 머지않아 사라질 것이다
「집으로 가는 길은 멀다」

2005년 봄 그는 직장암 진단을 받고 수술을 받았다. 인천의 한 조그마한 병원 침상에서 만난 그는 여전히 침착했다. 경과가 좋아 여름에는 종로에 있는 내 사무실에 들른 김에 인사동에 가서 건강회복을 축하하며 함께 술도 마셨다. 그런데 겨울에 들어서면서 암이 간암으로 전이된 것이 발견되었다. 조직 검사 결과 신경세포암이라는 불치의 희귀암이었다. 그는 치료를 포기하고 집에 들어앉았다. 11월 말경 그는 나에게 제법 긴 이메일을 보내어 시한부 인생을 사는 심경을 이렇게 피력하였다.

......

생각해보면, 인생 한번 와서 한 번 가는 것! 참되고, 의연하게 살다 가고 싶네요, 누군들 그렇지 않겠는가마는, 이렇게 내가 직접 겪고 보니, 많은 것이 달라져 보이고, 세상과 인생이 새롭게 보이고, 다르게 보이고, 모순으로 가득 찬 듯한 세상이나, 또한 그 모순이 세상을 움직이는 힘, 아닌가, 이런 생각이 들기도 하네요.

아무래도, 나는 모순덩어리, 모순, 그 자체인가 봐요, 최소한 그것만이라도, 나에게 남은 인생의 시간 안에 명쾌한 정리를 해보고 싶네요. 누군들 그렇지 않을까마는, 자신과 세상의 모순조차 제대로 바라보지 못하고, 생을 살았다면, 그게 뭘까, 암은 그런 의미에서 바로 나 자신인 것 같네요.

나의 초라한 반자본주의

"나는 암이다!" 어젯밤 9시가 다 되어 집사람과 새로 지은 세브란스 병원 언덕길을 내려오면서 나도 모르게, 소리를 질렀어요. 나는 암이다! 건물과 건물 사이 밤하늘로 퍼져나가는 소리를 오랫동안 들었지요.

정말로, 구차하다는 게 무얼까? 한참 생각했는데 그러나, 세상 구라가 어떻든, 모순의 세상과 인생은 모순 그거 자체로 살아볼 만한, 살아야 하는, 가치가 있는, 얼굴인데, 그게, 바로 암의 형상이에요. 씨팔! 버리지 않으면, 내려놓지 않으면 새롭게 살지 못한다는, 마누라가 하는 성경 말씀, 마누라에게 성경공부를 받으며, 구절구절마다 시며, 시가 바로 암이며, 암이야말로 시의 표상이 되겠구나, 하는, 노가리가 슬슬 생각나데요.

......

구라와 노가리를 통하지 않고서는 시의 세계로 들어갈 수 없다! 참, 구라와 노가리가 중요하다고 생각해요 뭐, 시가, 별건가요? 내가 보기에, 판단하기에 시가, 별거라고 생각하는 이들은 아마, 암의 경지는 맛보지도 못하는 사람들일 겁니다. 단언컨대! 암에 걸려야, 암을 알지요. 시가 걸려야, 시를 알지요!

12월 초 나는 그에게 이메일을 보내며 "이제 연극은

어려울 터이니 목숨 무게가 실린 묵직한 시나 좀 써보라"
고 했다. 그는 시가 써지면 보내겠다는 답신을 보내왔다.
그리고 12월 말경 「꽃 없는 꽃」이라는 제목의 짤막한 시
한 편을 보내왔다. 나는 별 생각 없이 그 시를 읽었고 별
느낌 없이 메일을 닫았다.

그리고 해가 바뀐 2월 16일 그의 병세가 궁금해 우연
히 전화했더니 그의 부인이 받으며 울먹이는 목소리로 그
가 지금 임종 중이라고 했다. 먹먹한 심정으로 인천 쪽 하
늘 아래에서 숨을 거두어가고 있을 그를 생각하다가 나는
불현듯 그때 보내준 시가 생각나서 컴퓨터 앞에 앉아 메
일을 다시 열어보았다.

> 千年 동안 땅 속에
> 씨앗으로 묻혀 있다
> 싹이 트는
> 식물을
> 나는 안다
>
> 꽃이 없다
> 천년 동안 땅 속에
> 꽃을 감췄다
> 몰래 言語를 피우는
> 꽃을, 나는 안다
>
> 「꽃 없는 꽃」

나의 초라한 반자본주의

갑자기 천년이라는 말의 시간적인 아득함과 땅 속이라는 말의 공간적인 막막함이 가슴에 밀려오며 나는 지난 20, 30년 동안 그와 나눈 그 많은 술잔과 대화들이 생각나 오랫동안 휴지로 눈물을 찍어내어야 했다. 이틀 후 그의 화장된 유해는 그가 매년 여름 무의축제를 연출하던 무의도의 한 야트막한 산마루에 뿌려졌다. 과연「꽃 없는 꽃」이 목숨 무게가 실린 시인지는 모르겠으나 곧 문학과지성사에서 그의 유고집을 낼 계획이라는 부인의 이야기를 듣고 나는 그 시를 그녀에게 전해주었다.

나는 문학평론가가 아니므로 그의 시를 깊숙이 평가할 능력도 없고 그러고 싶은 생각도 없다. 다만 나는 그의 오랜 친구로서 또 그의 시에 대한 20년 넘는 독자의 한 사람으로서 그가 결코 손끝으로 시를 쓴 것이 아니라 삶의 비타협적 궤적 자체로 시를 쓴 많지 않은 시인 중의 한 사람이었음을 구태여 증언해 두고 싶다.

3부
『논어』와 나

빈센트 반 고흐, 〈보리나주의 탄광〉, 1878년

『논어』와 나

　반갑습니다. 제가 이곳에서 『논어』 강의를 하는 것은 처음은 아닙니다. 약 3년 전인 지난 2010년 초에 6회에 걸쳐 『논어』를 주제별로 강의한 적이 있습니다. 지금 이 자리에 그때 강의를 들으신 분들도 계십니다만 그때 주제별 강의가 끝나고 나서 일부에서 기왕 하는 김에 『논어』를 처음부터 끝까지 통독하는 기회를 갖는 것이 어떠겠냐는 의견을 주셨습니다. 그러나 당시만 해도 제가 공직 생활을 하고 있던 때라 아무리 저녁 시간에 한다고 하여도 최소 40주 정도로 예상되는 긴 강좌를 하는 것은 무리라서 나중에 제가 퇴직하면 하겠노라고 얘기했었습니다. 세월이 흐르다 보니 작년 6월 드디어 정년을 맞게 되었고 그래서 약속대로 이렇게 통독의 기회를 갖게 된 것입니다.

　제가 『새번역 논어』와 『논어의 발견』을 펴낸 것이 1999년이니까 벌써 14년 세월이 흘렀습니다. 그러나 그동안 제가 공직생활을 하는 관계로 『논어』와 관련한 활동을 거의 하지 못했고, 강의를 한 것도 불과 한 손으로 꼽을 정도입니다. 더구나 전체 『논어』를 처음부터 읽어가며 강의하는 것은 이번이 처음입니다. 이렇게 기초가 탄탄한 멤버들을 상대로 약 1년 정도 걸리는 긴 강좌를 하게 된다는 것은 저로서도 어쩌면 일생에 두 번 갖기 힘든 기회일 수도 있다는 생각을 합니다. 개인적으로도 매우 영광스럽습니다.

이 자리에는 저를 어느 정도 아시는 분들도 계시지만 잘 모르시는 분들도 많은 것 같습니다. 그래서 제 소개를 좀 하겠습니다. 『논어』와 관련하여 제 소개를 할 때는 늘 그렇듯이 다소 막막한 느낌이 듭니다. 왜냐하면 『논어』 강의를 하겠다는 사람이 『논어』와 관련해 내세울 만한 이력이 별로 없기 때문입니다. 대학에서 동양철학 강의를 하는 교수도 아니고, 심지어 관련 학과를 나오지도 않았습니다. 저는 대학에서는 법학을 전공했습니다. 그리고 졸업 후 정부산하 단체에 입사하여 32년간 공직생활을 하고 작년에 정년퇴직하였습니다. 저의 생애 어느 구석을 둘러보아도 『논어』를 강의하는 데 근거가 될 만한 이력이 없는 셈입니다. 1999년에 『논어』에 관한 두 권의 책을 냈을 때 특히 그런 질문을 많이 받았습니다.

뚜렷한 이력이 없다고 대답하면 가장 많이 하는 추가 질문이 "그러면 소싯적에 서당에 다니셨습니까?"였습니다. 그런 적도 없다고 하면 정말 뜨악한 표정을 짓습니다.

심지어 어떤 분은 이야기를 해가는 도중에 제 고향이 경북 안동이라는 것을 알고 "아, 예, 안동 출신이시군요" 하며 비로소 믿을 만한 근거라도 찾은 듯이 안도의 표정을 짓기도 합니다. 그러나 안동은 제가 태어나서 중학교까지 다닌 제 고향일 뿐 제가 『논어』와 인연을 맺는 데 아무런 관련이 없습니다. 그래서 앞으로 1년 가까이 『논어』를 두고 서로 많은 이야기를 나누게 될 분들이니 저와 『논어』와의 인연에 관해 조금 이야기를 드리는 것이 좋을 것 같습니다.

저는 대학은 법학과를 나왔지만 법학에 대해서는 별 관심이 없었습니다. 젊은 시절 저의 주된 관심은 철학과 종교학이었습니다. 그래서 대학에 다닐 때는 전공과목 시간은 결석을 하고 그 시간에 철학이나 사학, 신학 등을 도강하러 다니는 등 다소 비정상적인 대학생활을 하였습니다. 철학에 대한 관심은 주로 서양철학에 치우쳐 있었습니다. 당시만 해도 아직 1960년대에 맹위를 떨치던 실존철학의 여운이 많이 남아 있을 때라 키르케고르, 니체, 하이데거 등을 많이 보았습니다. 나중에는 베르자예프, 프랑크푸르트학파나 루카치, 루시앵 골드만 등의 저서에 심취하기도 했지요. 또 불교에 매료되어 불교 관련 서적을 탐독하기도 했습니다. 대승불교의 이론도 흥미로웠지만, 당시는 원시불교에 대한 관심이 청년들 사이에 일고 있어서 아함경 계통의 책도 많이 보았습니다. 불교연구회에 가입하여 활동하기도 했고요. 또 스물두어 살부터는 기독교 정신에도 상당히 매료되었습니다. 결정적인 계기는 신약성서였고, 그로 인하여 폴 틸리히 같은 신학자들의 저서도 좀 읽었습니다. 이렇게 전공과는 관계없이 제 호기심이 끌리는 대로 이것저것 보고 배우며 방황한 것이 제 젊은 시절이었습니다.

그러다가 군복무를 마치고 대학교 4학년 때, 허송세월을 좀 해서 나이는 이미 스물아홉이었지요. 곧 졸업은 다가오는데 생각해보니 저는 그동안 너무 서양철학 일변도로 공부해왔다는 생각이 들었습니다. 동양철학의 가장 대표적인 책인 『논어』도 아직 읽어보지 않은 것이 한심했습니다. 그래서 순전히 공부의 균형을 맞춘다는 취지에서 어느 날 학교 도서관에 자리 잡고 앉아서 『논어』를 읽었습니다.

거기서 예상치 못했던 일이 일어났습니다. 『논어』를 조금씩 읽어가는데 이 책은 읽어갈수록 놀라운 책이었습니다. 불과 며칠이 안 되어 제가 『논어』로부터 받은 느낌은 한마디로 '세상에 어떻게 이런 책이 있는가!'였습니다. 『논어』가 정평이 난 책이기는 했지만 이럴 줄은 몰랐습니다. 그 책은 제가 그동안 읽었던 책들과는 너무나도 달랐습니다. 『논어』는 제가 그동안 듣고 싶었으나 듣지 못했던 말들로 가득 차 있었습니다. 시력이 안 좋은 사람이 처음으로 안경을 끼고 선명한 세상을 보는 것 같았다면 비슷한 표현이 될까요? 그에 비한다면 그동안 이런저런 공

나의 초라한 반자본주의

부에서 보았던 감동적 광경은 어떤 사물 위에 확대경을 대고 보는 것과 비슷했다고 할 것입니다. 코 위에 안경을 걸치고 시야 전체가 선명해지는 느낌을 받은 독서 체험은 그 이전에는 오직 신약성서를 보았을 때가 유일했다고 기억합니다.

얼마나 몰입해서 『논어』를 읽었던지 어느 날은 오전 9시에 도서관에 들어갔는데 두 시간 정도 지난 줄 알고 벽시계를 쳐다보았더니 오후 1시였던 적도 있었습니다. 시간 가는 줄 모른다는 체험을 그때 처음으로 했고, 그 기억은 지금도 생생합니다.

그동안 잘 몰랐던 『논어』를 파악하고 나자 저는 제가 '스파이가 된 것 같다'는 느낌에 사로잡혔습니다. 거리를 걸어갈 때나 버스를 타고 갈 때나 저는 도무지 그런 스파이 의식에서 벗어나지 못했습니다. 스파이는 자신이 지니게 된 비밀이나 특명으로 인해 스파이가 됩니다. 저는 『논어』 속에서 너무나도 내밀한 한 세계를 알게 되었다는 사실만으로 그런 느낌을 받게 되었던 것이죠. 웃기지 않습니까? 희귀도서도 아니고 천지에 널브러져 있는 것이 『논어』인데 스물아홉 살짜리가 그 책 한 권을 읽고 그런 느낌에 사로잡혔다는 것이 생뚱맞기 짝이 없었지요. 그러나 저로서는 말할 수 없이 심각했습니다. 솔직히 말씀드리자면 그로부터 34년이 지난 지금도 저에게는 그때 자리 잡았던 그 스파이 의식이 남아 있습니다.

제가『논어』로부터 이런 특별한 느낌을 갖게 된 데는 두 가지 요인이 있는 것 같습니다. 하나는『논어』가 지니고 있는 특별한 관점입니다. 사실 그것만이 본질적인 것이겠지요.『논어』에는 인간과 세상을 보는 완전히 다른 관점이 있었고, 그것은 경이롭다는 말로밖에 표현할 수 없습니다. 다른 하나는 해석상의 새로운 발견이었습니다. 수많은『논어』단편이 전통적인 해석과는 다른 모습으로 저의 눈에 발견된 것입니다. 이 후자가 전자와 만나 상승작용을 일으키지 않았나 생각합니다. 해석상의 발견은 돌이켜볼 때 저에게만 있었던 개별적 사정인데, 이 개별적 사정에 대해서 조금 설명을 드려야 할 것 같습니다.

　처음 저는 을유문화사에서 나온, 차주환 교수 번역의 조그마한 문고본으로『논어』를 읽었습니다. 그런데 읽는 과정에서 저의 보잘것없는 한문 실력으로 접근하더라도 "이것은 아닌데" 하는 번역이 가끔 눈에 띄었습니다. 그래서 처음에는 "아 이분이 이 구절에서는 번역을 좀 잘못했구나" 하고 무심히 생각했습니다. 번역은 누구나 잘못할 수 있는 것이니까요. 그런데 그런 것이 제법 여러 개가 나왔습니다. 좀 의아스러웠지요. 그래서 나중에 그런 의아스러운 구절들을 모아 다른 번역서에서 확인해보았습니다. 놀랍게도 다른 책도 비슷하게 번역이 되어 있었습니다. 정말 이해가 안 되었습니다. 그래서 얼마 후에는 어느 대형서점에 들러 시간을 가지고 서가에 꽂혀 있는 모든『논어』번역서를 다 들추어보며 문제가 된 단편을 살

　　　　　　　　　나의 초라한 반자본주의

펴보았지요. 비로소 모든 『논어』 번역서가 예외 없이 그렇게 번역되어 있다는 사실을 알게 되었습니다. 그래서 제 나름대로 정리하기를 "아마 지금까지의 『논어』 번역서들은 주자의 해석을 답습하느라 이렇게 되었구나. 그러나 이제는 주자학의 세월도 아니니만큼 조만간 바른 해석들이 나오겠지" 했습니다. 그래서 그다음부터는 서점에 갈 때마다 『논어』 신간이 나오면 반드시 뽑아 들추어보는 버릇이 생겼습니다. 팔일편에 나오는 의봉인장儀封人章과 공야장편에 나오는 백이숙제장伯夷叔齊章, 자로편에 나오는 부득증행이여지장不得中行而與之章 등이 당시 자주 찾아보던 대표적 구절이었습니다.

그렇게 서점의 새 책들을 들추어보며 세월이 흘렀습니다. 10년 정도 지나니 이제 새 책이 눈에 띄어도 잘 들추지 않게 되더라고요. 보나마나 뻔했기 때문입니다. 결국 더 기다리더라도 새로운 해석은 나오지 않겠구나 하는 생각이 들었습니다. 그제야 그렇다면 내가 기다리기만 할 것이 아니라 내가 스스로 그것을 출현시켜야 하지 않겠는가 하는 생각이 들었습니다. 아무리 세월이 흘러도 저 진부한 해석만 지속되리라 생각하니 일종의 사명감 비슷한 것이 생겨났습니다. 그래서 처음에는 짧은 논문 하나를 쓸까 했어요. 그러나 막상 논문을 쓰려니 저처럼 아무런 근거도 없는 사람이 난데없이 논문을 쓴들 어떤 학술지가 실어주겠는가 하는 생각이 들었습니다. 막막했지요. 그래서 그렇다면 차라리 책을 쓰는 것이 낫겠다고 생각하게 되었습니다.

1994년 초부터 글을 쓰기 시작했던 것 같습니다. 컴퓨터도 사고 막 나온 아래아 한글 프로그램도 사서 먼저 『논어의 발견』을 썼고 쓰다 보니 필요성을 느껴 아예 번역서인 『새번역 논어』까지 쓰게 되었습니다. 꼬박 6년이 걸렸습니다.

공직생활을 할 때라 시간이 없어서 퇴근 후 저녁 시간에 책을 읽었고, 집필은 주로 일요일에 했습니다. 주요 부분을 쓰는 데 꼬박 3년이 걸렸고, 3년간은 아예 일요일이 없는 생활을 했습니다. 가족들에게 특히 미안했지요. 완성하는 데 3년이 더 걸렸습니다. 관련 서적을 많이 읽어야 했는데, 그것과 관련해서는 성균관대학교 고서 도서관을 주로 이용했습니다. 성균관대학교 도서관은 다른 대학 도서관과는 달리 일반인에 대해 비교적 관대하게 도서관을 개방해주어서 그 점은 지금도 고맙게 생각합니다. 거기서 복사해서 가져온 책도 약 30권 정도는 되는 것 같습니다.

처음에는 『논어』 원본 파일도 없었기 때문에 『논어』 전문을 제가 일일이 한글로 입력하고 한자로 변환하여 아래아 한글 원본 파일을 만들었습니다. 또 해석하는 과정에서 한 글자 한 글자 일일이 용례를 알아봐야 했는데, 당시로는 일종의 『논어』 용례用例사전인 『논어인득論語引得』이라는 책을 활용하는 것이 유일한 방법이었습니다. 수소

나의 초라한 반자본주의

문 끝에 중국서점을 통해 그 책을 샀지요. 정말 두꺼운 책이었습니다. 몇 년이 더 지나서야 아래아 한글 프로그램도 발전이 되어 '찾기' 기능이 추가됨으로써 얼마나 편하고 좋았던지요. 더 이상 인득이 필요 없는 세월이 온 것이지요. 그렇게 하여 결국 1999년 11월 생각의나무에서 책을 출간하게 되었습니다.

최종 출간을 앞두고 저의 친구이자 지금은 세상을 떠난 시인 이영유 씨가 가급적 좋은 출판사에서 책을 내자며 원고를 문학과지성사에 갖다준 적이 있었습니다. 리뷰를 한 사람은 1970년대에 문학평론 활동을 하던 성민엽 씨였는데, 당시 문지사는 다른 『논어』 책을 내려고 이미 준비를 하던 중이어서 결국 거기서 내지는 못하였습니다. 다만 그때 성민엽 씨가 워낙 새로운 해석이 많고, 그것이 반드시 옳다고 장담할 수도 없으니 해석이 바뀌는 부분은 '종래의 해석'을 병행해서 소개하는 것이 어떻겠느냐고 조언해주었습니다. 지금 『새번역 논어』에 '종래의 해석'이 소개된 것은 그의 조언에 따른 것으로 지금 생각해도 정말 고마운 조언이었습니다.

『새번역 논어』 초판에 '종래의 해석'이 소개된 단편의 수는 75개가 됩니다. 전통적인 해석을 따르지 않고 제가 새로운 해석을 시도한 단편의 수가 그렇다는 얘기지요. 『논어』의 전체 단편 수가 모두 521개이기 때문에 약 14퍼센트 정도가 새롭게 해석되었다는 뜻입니다. 그 결과만

놓고 보면 과연 그런 것이 가능할까 하는 생각을 누구나 할 것입니다. 또 해석자인 저에 대해 "과연 저 사람의 해석을 신뢰할 수 있을까?" 혹은 "편견에 사로잡힌 괴짜 독학자는 아닐까?" 하는 의혹을 제기하는 것은 결코 무리가 아닐 것입니다. 그러나 세월이 많이 흘렀지만, 해석적 입장은 지금도 거의 변동이 없습니다. 물론 그 75개 단편 모두 저의 해석이 옳다고 주장하지는 않습니다. 절대적으로 옳다고 여기는 해석도 있고 그렇지 않은 해석도 있습니다. 매 단편에 걸친 해석적 입장과 그 입장이 절대적이냐 상대적이냐 하는 것은 강의를 하면서 구체적으로 말씀드리겠습니다.

책이 발간되기 직전 한겨레신문사에서 인터뷰를 하자 하여 갔습니다. 문화부의 K 기자와 1시간가량 인터뷰를 했는데 아직 책이 출간되기 전이라 출판사에서 보내준 원고 묶음을 밑줄을 그어가며 상당히 많이 보았더라고요. 그때만 해도 나이도 젊고 책에 대한 자부심도 넘칠 때였는데, 저의 해석에 대한 타당성을 입증할 방법이 없잖아요. 그것은 지금도 마찬가지입니다. 무슨 수학문제처럼 문제집 맨 뒤에 나오는 정답 페이지를 열어서 보여줄 수 있는 그런 문제가 아니잖아요. 그래서 해석에 대한 저의 확신을 보여준다는 차원에서 "어떤 해석에서는 공자가 지금 무덤에서 걸어 나와 아니라고 부인하더라도 물러서고 싶지 않은 단편도 있다"는 말을 불쑥 했습니다. 며칠

나의 초라한 반자본주의

후 커다란 제 얼굴 사진과 함께 북리뷰 거의 한 면을 가득 채운 보도기사에 그 말이 인용되어 있어서 무척 쑥스러웠습니다. 그 밖에도 《경향신문》과 《조선일보》 등에서 비중 있게 다루어주었지요. 특히 《경향신문》은 "새 해석은 만만치 않은 도전을 받겠지만, 그렇다고 해서 쉽게 무너지지도 않을 것 같다"고 높이 평가해주었습니다.

책이 나오고 반응은 적잖이 있었지만, 대부분 일반 독자층의 반응이었습니다. 정식 학계의 반응은 거의 없었는데 나중에 알고 보니 없었던 게 아니라 몇몇 학술논문에서 저의 새로운 해석에 대한 언급이 있었던 모양입니다. 학계도 나름대로 주목하기는 했던가 본데 제가 몰랐던 것이지요. 그러나 학계의 반응은 한마디로 당혹감 비슷한 것이었습니다. 대체로 저의 해석을 선뜻 받아들이지 못했는데, 거기에 어떤 구체적인 이유도 논리도 없었습니다. 훨씬 나중에야 경학계가 제 해석을 받아들이지 못 하는 이유는 그동안 바른 해석을 내놓지 못한 이유와 조금도 다르지 않다는 것을 알게 되었습니다. 공자의 말을 제대로 이해한다는 것은 한문 실력의 문제도 아니고 경학에 관한 폭넓은 지식의 문제도 아니었습니다. 『논어』에 관한 그럴듯한 이력의 문제도 아니었지요. 그것은 인간에 대한 고민과 체험이 결정적인 역할을 하는 매우 특별한 과제임을 깨달았지요. 그것을 깨닫는 데 10년 이상의 세월이 걸린 셈이었습니다. 그래서 지금은 제 해석을 학계에서 선뜻 받아들여지지 못하는 것에 대해 과거보다는 훨씬 여유

랄까 인내심을 갖게 되었습니다.

학계가 아닌 재야 『논어』 연구가나 일반 『논어』 애호가 층에서의 반응은 비교적 열렬했습니다. 솔직히 소개드리기가 쑥스러울 정도로 뜨거운 반응도 많았습니다. "어떻게 그것을 아셨습니까?" 하는 감탄 어린 얘기도 몇 번 들었고요 "누구로부터 배우셨습니까?" 하는 얘기도 들었습니다. 특히 누구로부터 배웠느냐는 말은 공자가 당시 주변으로부터 자주 들었던 얘기였기 때문에 들을 때마다 매우 황감한 느낌도 없지 않았습니다. 솔직히 말씀드리면 저도 때로는 이상한 느낌을 받습니다. 왜 남들의 눈에는 보이지 않는데, 제 눈에는 보이는지 이해되지 않습니다.

2008년에 서점에 가보니 『논어는 진보다』라는 다소 특별한 책이 한 권 나와서 펼쳐보았습니다. 저보다는 좀 젊은 사람이 지은 책이었는데, 놀랍게도 저의 새로운 『논어』 해석을 거의 90퍼센트 이상 채택했습니다. 누구의 해석을 따른 것이라고 밝히지는 않았지만, 저는 그가 제 해석을 대부분 지지하고 받아들였다는 사실이 무엇보다 반가웠습니다. 그런 책이 출현했다는 사실은 그동안 간간이 들려오던 많은 재야 학자들이나 『논어』 애호가들의 지지와 공감이 가시화될 수도 있다는 것을 의미했지요. 또 그것은 앞으로 언젠가는 저의 해석이 보편적 해석으로 수용되는 날이 올 수도 있다는 신호처럼 여겨지기도 했습니다.

나의 초라한 반자본주의

얘기를 하다 보니 마치 모든 것이 『논어』 단편에 대한 해석의 문제로만 초점이 맞춰진 것 같습니다. 그러나 훨씬 중요한 것은 공자가 제시한 삶의 지혜입니다. 해석의 문제는 『논어』가 담고 있는 지혜를 드러낸다는 궁극적 과제에서 그 일부분일 뿐입니다. 그 점에서 14년이 지난 지금까지도 해석의 문제만 전면에 내놓고 얘기해야 한다는 것이 저로서도 매우 불만스러운 일입니다. 하지만 그 삶의 지혜와 진실에 접근하기 위해서는 부득이 이 해석의 관문을 거치지 않을 수 없다는 것 또한 엄연한 현실입니다. 그것은 제가 책을 내고도 개인 사정으로 아무런 활동을 못하고 오래 침묵을 지켜온 데도 일말의 요인이 있을 겁니다.

제가 『논어』로부터 배우고 깨달은 것이 얼마나 특별한 것인지는 저도 잘 모릅니다. 다만 때때로 저는 만약 그것이 평범치 않은 무엇이라면 그것은 어떻게 가능했을까 스스로 자문해보기도 합니다. 앞서 말씀드렸듯이 제 이력에는 아무것도 그럴듯한 것이 없습니다. 젊은 시절에는 말씀드린 바와 같이 진로선택을 잘못해서 안개 속을 떠돌듯 이리저리 방황한 것이 전부입니다. 제 젊음은 온통 부끄러움 투성이였고 미숙하다는 사실이 견딜 수 없이 괴롭던 기억밖에 없습니다. 끝없는 자기혐오에 시달리던 기억만이 악몽처럼 남아 있습니다. 그 속에서 팔을 저어 무언가를 잡으려고 허둥거렸고 그러다가 손에 걸린 것 중 하나가 『논어』였습니다. 그리고 그것이 두 권의 책을 저술

하는 기묘한 인연으로 이어졌습니다. 굳이 이력이라면 그것만이 제 이력입니다.

그래서 왜 『논어』가 하필이면 저처럼 보잘것없는 사람 앞에서 베일을 벗어 보였는지를 묻는다면 저도 모른다고 할 수밖에 없습니다. 또 과연 베일을 벗어 보인 것이 맞기는 맞는지 묻는다 해도 마땅히 거증할 것이 없습니다. 그저 저에게 그렇게 보였고, 그렇게 보인 것에 대해 제가 확신을 가진다는 것뿐입니다.

너무 외람된 말씀을 드렸나요? 그러나 염려하지 마십시오. 저도 이제 환갑 진갑을 다 넘긴 사람입니다. 교만이 얼마나 어리석은 짓인지도 알고 편견이 얼마나 무서운지도 알며 자고自高하여 제 키를 한 치도 더 키울 수 없다는 것도 압니다. 문제는 『논어』입니다. 보면 볼수록 경이로운 『논어』가 이렇게 깊은 매너리즘 속에 갇혀 있을 수는 없다는 것입니다. 인류사에 수많은 현인이 있었지만, 온몸으로 삶의 길을 가르쳐준 사람은 많지 않습니다. 공자는 몇 안 되는 그런 사람 중의 한 사람입니다. 이렇게 방치되어서는 안 될 사람이지요. 예수 같은 사람은 많은 사람이 그의 정체와 삶의 진실을 밝히고 있지 않습니까? 그러나 공자는 지리적으로도 가까운 위치에 있었고 역사적, 문화적으로 보면 예수와는 비교도 할 수 없을 정도로 인연이 깊고 오래되었는데도 서구문명이 엄습한 이래 그의 가르침을 제대로 살려내 오늘날의 삶에 접목시켜려는 사람은 너무나도 적습니다.

나의 초라한 반자본주의

그것이 안타까워 저는 얼마 남지 않은 생애에 걸쳐서 할 수만 있다면 그 역할을 좀 해보려 합니다. 제가 가진 능력이 얼마나 작고 제한적인지는 제가 잘 압니다. 특히 공자는 모든 것을 완전한 궁행躬行의 단계에서만 인정하지 않았습니까? 그런 것을 생각한다면 제가 감히 그런 역할을 해보겠다고 하는 것은 부끄러움을 모르는 짓일 겁니다. 다만 그럼에도 불구하고 제게 주어진 역사의 몫이 어딘가에는 있는 것 같다는 생각이 자꾸 들어 부족함을 무릅쓰고 여러분 앞에 이렇게 선 것입니다. 이번 강독이 저나 여러분에게나 공자를 이해하는 좋은 기회가 될 수 있기를 바랍니다.

공자, 그는 과연 누구인가?

15년 전, 『새번역 논어』의 출간을 위한 마지막 작업의 일환으로 책날개에 실을 공자의 프로필을 써야 할 단계가 있었다. 그때의 막막하고 기묘한 느낌을 나는 지금도 잘 기억한다. 길어야 원고지 3매의 범위 내에서 과연 뭐라고 써야 이 인물에 대한 바른 소개가 될까? 생각해보자. 무슨 말로 이 인물을 원고지 3매 속에 구겨 넣겠는가? 결국 나는 모든 책의 저자 소개와 마찬가지로 그가 언제 어디에서 태어났다는 무력한 말로 시작할 수밖에 없었다. 그때 내가 썼던 공자의 프로필이다.

공자의 성은 공孔, 이름은 구丘, 자는 중니仲尼로서 기원 전 551년 중국 노魯나라 창평향昌平鄕 추읍陬邑에서 태어났다. 사士의 신분이었던 그는 일찍부터 학문에 매진하여 비교적 젊은 나이에 노나라의 뛰어난 지식인으로 인정받았으며 많은 제자들을 거느렸다. 그는 매우 박학다식하였을 뿐 아니라 인간의 본성을 꿰뚫는 날카로운 혜안으로 어짊仁, 중용中庸 등의 독창적인 개념에 입각한 인본주의적 사상을 전개하였다. 또 그는 패권주의에 물든 중원의 현실을 바로잡기 위하여 덕德에 의한 정치를 주장하였으며 예禮를 인성도야의 중요한 수단으로 제시하였다.

그는 평생을 주로 교육과 정치적 자문에 종사하였다. 일선 정치에 참여한 적은 없어 보이나 50대 초반에는 외교담판에 국군國君을 수행하는 등 비중 있는 정치적 역할을 담당하기도 하였다. 그러나 노나라의 정치적 파행에 따라 56세 되던 해, 그는 제자들을 거느리고 노나라를 떠나 위衛, 진陳, 채蔡 등지에서 약 12년 동안을 체재하게 된다. 이 기간 중에도 그는 역시 젊은이들을 가르치고 그 나라의 권력자들에게 조언을 하는 등 열정적인 활동을 전개하였으나 결과는 기대에 미치지 못하였다. 애공 11년, 그는 68세의 나이로 고국에 돌아왔으며 그 후 국로國老로 대접받으며 여전히 학문과 제자 교육에 정진하다가 기원전 479년, 73세의 나이로 세상을 떠났다. 그의 사후 제자들은 그의 어록인 『논어』를 집성하였고 이 책의 심대한 영향력에 따라 그는 유교 문화권에 있어서 최고의 사표師表로 자리 잡게 되었다.

당시나 지금이나 나는 이 글을 비교적 잘 썼다고 생각한다. 더 이상 뭐라고 쓰겠는가? 그러나 거기에 과연 공자

가 있는가? 없다. 나는 그의 머리카락 하나도 그려내지 못
했다는 것을 잘 안다. 공자의 프로필을 작성해본 것은 작
지만 기묘한 체험이었고 오래 영감의 소재로 남았다.

　공자, 그가 누구인가 하는 것은 그와 가장 가까운 위
치에 있었던 제자들에게도 곤혹스러운 화두였다. 대표적
인 예가 『논어』에도 기록되어 있으니 공자와 함께 외유
중이던 자로가 채나라에서 저 유명한 섭공葉公을 만나 '공
자가 어떤 사람이냐' 하는 질문을 받았을 때였다. 그 순간
의 자로를 자주 상상해본다. 얼마나 황당했을까? 자로가
아니라 다른 제자였다 해도 마찬가지였을 것이다. 자로는
결국 아무 말도 하지 못했다. 그나마 "그분은 노양공 22년
창평향 추읍에서 태어나신 분으로 ……" 하지 않았으니
나보단 나은 셈이다. 자로가 그만큼 순수한 사람이었기에
부답不答도 가능했던 것이다. 솔직히 자공子貢 정도만 되
었어도 무언가 설익은 대답을 하고야 말았을 것이라 생각
한다. 공자는 이 기회를 멋지게 활용하였다.

　　"너는 왜 그의 사람됨이 발분하면 먹는 것을 잊고 즐거
　　움으로써 근심을 잊으며 장차 늙음이 오리라는 것도 모
　　르고 있는 사람이라고 말하지 않았느냐?"
　　女奚不曰, 其爲人也, 發憤忘食, 樂以忘憂, 不知老
　　여 해 불 왈　기 위 인 야　발 분 망 식　낙 이 망 우　부 지 로
　　之將至云爾. 7/20
　　지 장 지 운 이

　　　　　　　　　　　　나의 초라한 반자본주의

나는 세상에 이보다 더 멋진 자기소개를 본 적이 없다. 공자의 모든 것이 다 들어 있다. 모자라지도 않고 넘치지도 않는다. 이렇듯 간단한 공자를 향하여 수많은 제자는 평생을 두고 다가갔지만, 그에 이를 수 없었다는 것이 아이러니고 신비다. 공자에게로 가면 그토록 간단하고 명쾌한 것이 제자들에게로 가면 천근만근이 되는 것이다. 스승은 저렇게 분명하게 앞에 서 계신데 왜 우리에게는 잘 보이지 않는 것일까? 제자들은 어리석게도 스승이 우리에게는 자신을 다 보여주지 않고 무언가를 숨겼을 것이라고 생각했다. 그것을 눈치챈 공자는 이렇게 해명했다.

> 너희들은 내가 스스로를 숨기고 있다고 보느냐? 나는 너희들에게 아무것도 숨기지 않았다. 나는 무엇을 행하든 너희들과 함께하지 않은 것이 없었으니 그것이 바로 나다.
>
> 子曰;二三子以我爲隱乎?吾無隱乎爾.吾無行而不
> 자 왈 이 삼 자 이 아 위 은 호   오 무 은 호 이   오 무 행 이 불
> 與二三子者,是丘也. 7/25
> 여 이 삼 자 자   시 구 야

나는 너희들과 함께하지 않은 것이 없었다는 말은 결국 제자들이 자신을 보지 못했음을 말한 것이다. 공자는 그들의 모든 퇴로를 차단하고 더 이상 달아날 길이 없는 막다른 골목으로 제자들을 몰아갔다. 전체 『논어』는 어쩌면 공자는 누구인가 하는 질문과 그에 대한 끝없는 모색의 구도로 환원할 수도 있을 것 같다. 생각하면 예수도 마

찬가지였다. 그를 엘리야라고도 하고 예레미아라고도 하고 세례자 요한이 되살아난 자라 하기도 하고 그리스도라고도 했던 것은 결국 모든 것이 예수가 누구냐 하는 문제에 달려 있었기 때문이다. 어떻게 보면 그리스도교라는 것도 결국 예수를 그리스도라고 생각하는 사람들의 신앙체계에 지나지 않는 것이다.

공자도 세상을 떠나는 날까지 이 의문의 핵심이었고 또 그는 제자들이 이 의문의 바른 궤도를 벗어나지 않도록 세심하게 신경을 썼다. 스스로를 숨기지 않았다고 했던 것도 그런 노력의 일환이었다. 또 자신의 다재다능함이 결코 군자됨과는 무관한 우연적 요건임을 강조한 자한편 제6 대재문어자공장大宰問於子貢章의 변명도 마찬가지 목적에서였다.

그랬던 그가 기원전 479년 세상을 떠났다. 제자들은 그의 존재와 가르침을 멸실시킬 수 없다는 생각에 『논어』를 편찬했다. 일부 제자들은 후학 양성을 통해 스승의 가르침을 전승하였다. 제자 자하子夏는 진晉나라로 가서 분열 건국된 위魏나라의 유학을 일으켰다. 제齊나라에서는 이본異本 『논어』가 출현하기도 했다. 그렇게 명맥을 이어가면서 공자가 남긴 말들은 많은 뜻있는 이들의 마음에 깊은 감동을 일으켰다. 이들 후학들에게도 공자라는 사람이 과연 어떤 사람이었는가 하는 것은 당연히 최대의 관심사였을 것이다.

공자가 죽고 나서 『논어』의 구절과 떠도는 이야기들

만으로 그를 접한 수많은 사람 사이에서 그는 어떤 사람으로 인식되었을까? 그가 죽고 대략 380여 년의 세월이 흐른 후 더 이상 주周나라가 아닌, 한漢이라는 낯선 왕조의 한 역사가 사마천에 의해 수집된 자료에 의하면 다음과 같은 이야기가 아마도 그의 사후에 출현한 그에 대한 첫 번째 형상화가 아니었나 한다.

공자가 정나라에 갔을 때 길이 어긋나 제자들을 찾지 못하고 홀로 성곽의 동문東門에 서 있었다. 어떤 정나라 사람이 자공子貢에게 말하기를 "동문에 어떤 사람이 있는데 그 이마는 요임금을 닮았고 목덜미는 고요皐陶를 닮았으며 어깨는 자산子産을 닮았더군요. 그러나 허리 이하는 우임금보다 세 치가 짧았는데 초췌한 행색이 마치 집 잃은 개와도 같았습니다" 하였다. 자공이 (공자를 만나) 들은대로 얘기를 했더니 공자가 웃으며 말했다. "모습이야 그런 성현들을 닮았겠느냐마는 행색이 집 잃은 개喪家之狗와 같더라는 말은 과연 그러했겠구나! 과연!"

孔子適鄭,與弟子相失,孔子獨立郭東門.鄭人或謂子貢
공 자 적 정 여 제 자 상 실 공 자 독 립 곽 동 문 정 인 혹 위 자 공
曰:"東門有人,其顙似堯, 其項類皋陶, 其肩類子産, 然
왈   동 문 유 인 기 상 사 요   기 항 류 고 도   기 견 류 자 산   연
自要以下不及禹三寸.累累若喪家之狗."子貢以實告孔
자 요 이 하 불 급 우 삼 촌 누 누 약 상 가 지 구   자 공 이 실 고 공
子.孔子欣然笑曰:"形狀,末也.而謂似喪家之狗,然哉!
자 공 자 흔 연 소 왈   형 상 말 야   이 위 사 상 가 지 구 연 재
然哉!"
연 재

이 일화는 공자가 외유 중 자신의 조언을 귀담아 들어주는 위정자도 없고, 자신의 가르침을 알아듣는 제자도 없던 외로운 상황을 배경으로 한다. 그가 오갈 데 없는 노인이 되어 고국으로 돌아갈 것을 생각했을 때, 깊은 실의에 젖었던 것은 『논어』에도 잘 기록되어 있다.(5/22) 그 점에서 사람들은 정나라에서의 이 조그마한 에피소드가 기막히게 그의 생애를 잘 압축했다고 생각했을 것이다. 사마천도 바로 그런 점에서 이 일화가 신빙성이 높다고 믿고 사실史實로 채택했던 것 같다.

그러나 아니다. 이 일화는 서글프게도 후대의 위작이다. 청대의 유명한 고증학자 최술崔述도 정나라 사람이 단한 번도 보았을 리 없는 태곳적의 요임금, 우임금, 고요의 신체적 특징을 어떻게 알고 공자의 모습과 비교할 수 있었겠느냐 한 것은 당연한 지적이었다. 그러나 설혹 그런지적이 없었더라도 훨씬 더 중요한 위작의 증거가 그 일화에는 내재해 있다. 이 일화에서 공자는 '집 잃은 개'로 표현되었다. 그것은 공자는 누구인가 하는 저 기나긴 물음에서 공자 사후에 등장한 첫 번째 역사적 대답이 아닐까 한다.

집 잃은 개. 이 일화의 생산자도, 그것을 유통시킨 자도, 또 그것을 공자세가에 수록한 사마천도 이 형상화에 동의했다. 심지어 일화 안에서 공자 자신마저 이 형상화에 공감을 표했을 정도였다. 인류의 성인이면서 그럼에도 알아주는 이 없는 낯선 나라의 길거리에서 제자들과 헤어

나의 초라한 반자본주의

저 두리번거리는 늙은이, 집 잃은 개처럼 초췌한 행색, 얼마나 그럴듯한 형상화인가! 2,000년이 넘는 세월 동안 사람들은 이 일화의 사실 여부를 떠나 그 소묘만큼은 너무나도 탁월하다고 생각해왔던 것이다.

그러나 그랬을까? '집 잃은 개'는 규정하려야 규정할 수 없었던 공자에 대한 무리한 규정이었을 뿐이다. 살아생전 공자는 제자들의 그 어떤 규정도 막고 차단했지만 더 이상 그럴 수도 없게 된 사후, 낯선 후학들에 의해 그는 그럴듯한 규정으로 태어났던 것이다. 그를 신격화한 것도 아니고 영웅시하지도 않았다. 오히려 초라함이라는 역설을 통해 그의 남다름을 그려냈으니 얼마나 멋진가! 그들은 쾌재를 불렀을 것이다. 그들은 공자는 과연 누구인가 하는 당대 제자들의 무거운 과제에서 벗어날 수 있었다. 그들에게 이제 공자를 안다는 것은 더는 강박적 과제가 아니었다. 그를 아는 것은 이제 전적으로 우리의 임의성에 맡겨진 것이자 우리의 능력 안의 것이 되고 말았다.

집 잃은 개, 이 첫 번째 규정은 공자 이해의 전환점이 되었다. 너무나도 당연히 거기서 소묘된 공자는 우리가 찾아야 할 공자가 아니었다. 공자가 살아 있었더라면 어떤 방식으로든 그것을 막았을 것이다. 공자를 안다는 것은 바야흐로 이 규정에 의해 세속화의 길로 접어들었다. 거기서 쉽게 얻어진 공자의 모습은 바야흐로 석양빛에 물든, 찬란하지만 속된 공자상에 불과했다. 집 잃은 개라는 규정은 공자는 누구인가 하는 중단될 수 없는 질문을 중단시켰고 우리를 그 질문의 강박성에서 해방시켰다.

공자세가에는 이 일화가 형성되던 무렵의 것으로 보이는 또 하나의 일화가 수록되어 있다. 일화는 그 배경이 된 때가 진陳나라에서 양식은 떨어지고 제자들은 병이나 일어나지를 못하던 시절(위령공/2)의 일이라고 설정한다. 어느 날 공자는 자신의 처소로 자로와 자공 그리고 안연을 번갈아 불러들여 다음과 같은 질문을 한다.

> 시에 이르되 "외뿔소도 아니고 호랑이도 아닌 것이 저 광야에서 헤매고 있네" 하였다. 나의 노선에 무슨 잘못이라도 있는 것이냐? 내가 이 상황에서 무엇을 해야 하겠느냐?
>
> 詩云"匪兕匪虎 , 率彼曠野."吾道非邪？吾何爲於此？
> 시 운 비 시 비 호   솔 피 광 야 오 도 비 사   오 하 위 어 차

가장 먼저 불려 들어간 자로가 이렇게 대답했다. 우리가 어질지 못하고 지혜가 부족하기 때문에 사람들이 믿지 못하고 따르지 않는 것 아니겠습니까? 스승은 그러면 백이숙제는 무엇이 부족해서 수양산에서 굶어 죽고 비간比干은 무엇을 잘못해서 비참한 죽음을 당했겠느냐 하는 반문으로 그의 의견을 배척했다.

이어서 들어온 자공에게 스승은 같은 질문을 한다. 자공은 선생님의 도가 너무 커서 천하가 받아들이지 못하는

나의 초라한 반자본주의

것 같으니 차라리 수준을 조금 낮추는 것이 어떻겠느냐고 제안한다. 이에 공자는 최선을 다할 생각은 않고 사람들에게 받아들여질 생각만 한다는 것은 뜻이 원대하지 못한 탓이라고 자공을 꾸짖는다.

마지막으로 들어온 안연. 그의 대답은 달랐다. 그는 "선생님의 도가 너무 커서 천하가 받아들이지 못하지만 그것은 당연하고, 오히려 받아들이지 못한 연후에 군자다움이 드러나는 것입니다" 하였다. 공자는 안연의 그 말을 아낌없이 칭찬한다. 이 일화는 집 잃은 개의 일화와 거의 동일한 차원에 머물러 있다. 황량하기로 치면 집 잃은 개의 일화보다 조금 더 황량해 보인다.

집 잃은 개와 광야를 헤매는 짐승이 그 이미지가 비슷하다는 것은 차라리 큰 유사점이 아닐 수도 있다. 두 일화는 공자학단이 이미 '깊은 자의식'에 휘말려 있음을 공통적으로 보여주고 있다. 집 잃은 개도, 광야를 헤매는 짐승도 바로 그런 자의식의 소산이었다. 공자학단의 원칙은 간신히 지켜지고는 있었지만 이미 현저히 힘에 겨운 모습이었다. 스스로 원칙을 더 이상 유지하기도 어렵지만, 그렇다고 해서 버릴 수도 없는 한계상황에서 형성된 자의식. 『논어』는 어느 곳에서도 그런 자의식을 보여주지 않았다. 공자는 늘 경쾌하고 즐거웠다. 무겁고 진지한 면이 있다고 해도 그것은 경쾌하고 즐거운 것과 잘 맞물려 있었다. 공자에 관한 역사적 사실을 하나라도 더 건져서 후세에 남기고자 한 사마천의 집요한 의지는 공자를 건진 것이 아니라 전국 초기의 심화된 위기 상황에 속수무책으로 말려들었던 초기 유가들의 황량한 자의식을 건져 올렸을 뿐이었다.

이후 화가들은 뻐드렁니에 주름투성이의 못생긴 노인을 그의 초상으로 그리기 시작했다. 그것은 공자를 집 잃은 개나 광야의 짐승으로 형상화했던 초기 유가들의 저 슬기로운 탈상식의 역발상逆發想을 이어간 것이다. 그의 모습은 완성되었고 이제 그는 과연 누구인가 하는 진지한 물음은 사라졌거나 남아 있어도 한담閑談 이상의 것이 될 수 없었다.

이어서 또 다른 일화들이 생산되었다. 시대적으로 본다면 앞의 두 일화와 비슷할 것으로 보이지만 공간적으로 본다면 초나라 등의 남방문화를 배경으로 출현한 것 같다. 그 전거典據도 앞의 일화들이 『사기』 공자세가였던 것과 달리 『논어』 자체였다. 대표적인 기록은 『논어』 제18 미자편 6장에 보이는 다음 단편이다.

장저長沮와 걸익桀溺이 나란히 밭을 갈고 있는데 공자께서 그 앞을 지나가시다가 자로子路로 하여금 나루터를 물어보게 하셨다. 장저가 말했다.
"저기 수레를 잡고 있는 자는 누구요?"
자로가 말했다.
"공구孔丘라는 분입니다."

장저가 말했다.

"저 자가 노나라의 공구란 말이오?"

자공이 말했다.

"그렇습니다."

장저가 말했다.

"저 자는 나루터를 알고 있소."

걸익에게 물으니 걸익이 말했다.

"당신은 누구요?"

자로가 말했다.

"중유仲由라 합니다."

걸익이 말했다.

"그러면 노나라 공구의 문도門徒요?"

자로가 대답했다.

"그렇습니다."

걸익이 말했다.

"도도히 흐르는 물처럼 천하가 다 이러하니 누가 그 흐름을 바꾸겠소? 당신도 사람을 피하는 선비를 따르기보다 차라리 세상을 피하는 선비를 따르는 것이 어떻겠소?"

그들은 고무래질을 그치지 않았다. 자로가 가서 있었던 일을 고하니 선생님께서 쓸쓸히 말씀하셨다.

"새나 짐승과는 함께 무리지어 살 수 없으니 내가 이 사람들 속에 섞여 살지 않는다면 무엇과 함께 살겠느냐? 천하에 도가 있다면 나도 굳이 바꾸려 들지 않을 것이다."

長沮桀溺耦而耕,孔子過之,使子路問津焉.長沮曰;
장저걸익우이경 공자과지 사자로문진언 장저왈

夫執輿者爲誰?子路曰;爲孔丘.曰;是魯孔丘與?曰;
부집여자위수 자로왈 위공구 왈 시로공구여 왈

是也.曰;是知津矣.問於桀溺.桀溺曰;子爲誰?曰;爲
시야왈 시지진의 문어걸약 걸약왈 자위수 왈위

仲由.曰;是魯孔丘之徒與?對曰;然.曰;滔滔者天下
중유왈 시로공구지도여 대왈연 왈 도도자천하

皆是也.而誰以易之?且而與其從辟人之士也,豈若
개시야 이수이이지 차이여기종피인지사야 기약

從辟世之士哉?耰而不輟.子路行以告.夫子憮然曰;
종피세지사재 우이불철 자로행이고 부자무연왈

鳥獸不可與同群,吾非斯人之徒與而誰與?天下有
조수불가여동군 오비사인지도여이수여 천하유

道,丘不與易也. 18/6
도 구불여역야

앞서 집 잃은 개의 일화처럼 이 작은 일화도 『논어』의
다른 단편과는 달리 일정한 상황으로 주어져 있다. 집 잃
은 개에서는 정나라의 길거리에서 제자들과 길이 어긋나
혼자 서성이던 공자가 주요 상황이었다. 여기서는 여행길
에서 길을 모르던 공자가 자로로 하여금 나루터 가는 길
을 누군가에게 물어보게 하면서 전개된 상황이다. 공교롭
게도 그들은 공자에 대해 알고 있었다. 그중 한 사람이 자
로가 공자의 제자라는 것을 알고 낯선 제안을 한다. 이
제 천하의 흐름은 그 누구도 바꿀 수 없다. 그렇다면
당신도 더 이상 피인지사辟人之士를 따르기보다는 피세
지사辟世之士를 따르는 것이 어떻겠느냐 하는 것이었다.

이 제안은 공자학단의 역사에서 볼 때 매우 치명적인
것이었다. 당신들의 방식은 이제 더 이상 적용될 수 없다.
다른 방식이 필요하다는 뜻이었기 때문이다. 제안은 세상

나의 초라한 반자본주의

자체를 피하는 것이었다. 이를 전해 들은 공자는 우리가 사람인 이상 사람과 더불어 살 수밖에 없음을 환기하고 세상을 바꾸어보려는 우리의 노력은 불가피한 것이라고 해명했지만, 그 말에는 이미 그 어떤 적극성도 낙관적 전 망도 없었다.『논어』는 그 말을 하는 공자의 표정이 무연無然했다고 기록했다. 실의에 빠져 허탈했다는 뜻이다.

물론 이 기록도 역시 후대의 위작이다. 전반적으로 볼 때 이 기록은 앞서 언급한 집 잃은 개 그리고 광야에 떠도 는 짐승의 일화에 비해 더 나빠진 상황을 배경으로 한다. 당연히 공자는 더 힘을 잃고 있다. 해는 뉘엿뉘엿 저물었 고 마지막 잔광에 비친 공자의 모습은 더욱 처연하다. 일 부『논어』독자들 중에서는 이 모습에 더 탐닉하는 독자 들도 없지 않다. 그런 독자들에게 있어서는 저 걸익의 "도 도히 흐르는 물처럼 천하가 다 이러하니 누가 그 흐름을 바꾸겠소?" 하는 말마저도 비장감을 더하고 있을 것이다. "안 될 줄 알면서도 하는 사람"[知其不可而爲之者(지기불가이 위자) 14/41]이라는 규정에 까닭 없이 방점을 치는 이유도 다르지 않다. 그러나 공자는 위작이 아닌『논어』의 어느 곳에서도 이런 모습을 보이지 않는다. 이 처연한 일화가 노장사상의 대두와 근접해 있었던 것은 말할 나위도 없는 일이다. 같은 미자편에 나란히 기록된 다음 단편도 마찬 가지다.

자로子路가 수행하다가 뒤처져서 한 노인을 만났는데

그는 지팡이로 대그릇을 메고 있었다. 자로가 물었다.

"노인께서는 우리 선생님을 보셨습니까?"

노인이 말했다.

"사지가 부지런하지 못하고 오곡五穀도 분간하지 못하는데 누가 선생이란 말인가?"

지팡이를 땅에 꽂고 풀을 베자 자로는 손을 모으고 서 있었다. 노인은 자로를 붙들어 묵어가게 하였는데 닭을 잡고 기장밥을 지어 대접했으며 노인의 두 아들을 인사시켰다.

이튿날 자로가 가서 있었던 일을 고하니 선생님께서 말씀하셨다.

"은자隱者다."

자로로 하여금 되돌아가서 그를 뵙게 하였으나 가보니 이미 떠나고 없었다. 자로가 말했다.

"벼슬을 하지 않는 것은 의로운 것이 아닙니다. 어른과 아이의 구분도 없앨 수 없는 것입니다. 하물며 임금과 신하의 의를 어떻게 없앨 수 있습니까? 제 한 몸만 깨끗이 하려다가는 큰 인륜을 어지럽히게 됩니다. 군자가 벼슬하는 것은 자신의 의로움을 행하려는 것입니다. 도道가 행해지지 않는다는 것은 이미 알고 있습니다."

子路從而後,遇杖人以杖荷蓧.子路問曰;子見夫子乎?杖
자로종이후 우장인이장하조 자로문왈 자견부자호 장
人曰;四體不勤,五穀不分,孰爲夫子?植其杖而芸.子路拱
인왈사체불근 오곡부분 숙위부자 식기장이운 자로공
而立.止子路宿,殺鷄爲黍而食之,見其二子焉.明日,子
이립 지자로숙 살계위서이식지 견기이자언 명일 자

나의 초라한 반자본주의

路行,以告.子曰:隱者也.使子路反見之,至則行矣.子路
로 행 이 고 자 왈 은 자 야 사 자 로 반 견 지 지 칙 행 의 자 로
曰:不仕無義.長幼之節,不可廢也.君臣之義,如之何其廢
왈 불 사 무 의 장 유 지 절 불 가 폐 야 군 신 지 의 여 지 하 기 폐
之?欲潔其身而亂大倫.君子之仕也,行其義也.道之不行,
지 욕 결 기 신 이 란 대 륜 군 자 지 사 야 행 기 의 야 도 지 불 행
已知之矣. 18/7
이 지 지 의

하조장인荷篠杖人의 일화는 장저걸익의 일화보다 더
노장의 신비에 젖어 있다. 공자는 하조장인의 신비에 꼼
짝없이 포섭되어 있고 단편에서의 역할도 조연은커녕 엑
스트라에 가깝다. 마지막 자로의 뜬금없는 한마디는 이곳
이 『장자』의 한 페이지가 아니라 여전히 『논어』의 한 페이
지임을 알려주려는 마지막 안간힘처럼 보인다. 그나마 일
화 속에 끼어들지도 못하고 말미에 메마른 형식논리만으로
대롱대롱 매달려 있다. 역사는 이제 바야흐로 노장老莊의
세월을 맞는 듯하다. 그리하여 저 200년 거친 전국戰國의
바다를 건너려 했던 것일까?

나는 종종 공자가 저 집 잃은 개나 더 후대로 가서 하
조장인의 일화가 만들어지던 시대에 여전히 살았더라면
하는 가정을 해본다. 그는 그런 시대에서도 자신만의 고
유한 당당함을 보여줄 수 있었을까? 아니면 어떤 형태로
든 실제 저 집 잃은 개처럼 풀이 죽거나 노장의 양상으로
휘어지고 말았을까? 그것은 예수를 프랑스 대혁명의 한
가운데에 배치해보는 것만큼이나 무익한 가정일까? 나에
게 그것은 아직 별 진척이 없는 진행 중의 화두다. 다만
『논어』와 공자세가 등에 남아 있는 이 석양빛에 물든 황

홀한 공자의 모습은 진짜 공자가 아니라는 것, 공자를 잃고 외롭게 남겨진 공문 후학들의 초췌한 의식이 '공자는 누구인가' 하는 떨칠 수 없는 물음 앞에 투영해본 슬픈 허상이었다는 것만 말해두기로 하자.

이후 공자를 기원으로 하는 유학은 계속되었지만 공자는 누구인가 하는 물음은 거의 사라져버렸다. 대신 그의 무덤을 꾸미는 부질없는 일만이 지속되었을 뿐이다. 공자는 권력자들에 의해 문성왕文成王으로 추대되었고 공맹孔孟이라는 거룩한 복합어의 앞머리를 장식하였는가 하면, 그의 말씀은 사서오경四書五經의 맨 앞자리에 봉헌되었다. 그러나 공자에 대한 탐구가 남아 있는 한 공자는 누구인가 하는 이 물음은 여전히 유효한 물음으로 남을 것이다. 최근의 한 중국인 학자는 공자에 관한 그의 방대한 저서에 '집 잃은 개'를 제명으로 사용하였다. 그나마 그것은 이제 중국이 저 거친 문화대혁명의 경직성을 벗어나 '집 잃은 개' 속에 표현된 초기 유가들의 낮은 수준의 역설을 받아들일 만큼 유연성을 되찾고 있음을 의미하는 것이다. 이 깊고 깊은 자본의 하얀 밤에 공자는 누구인가 하는 것은 여전히 우리들에게 주어져 있는 화두다. 그리고 그 화두는 『논어』가 독서의 대상으로 주어져 있는 한 영원히 완료될 수 없는 운명적 화두로 남을 것이다.

젊은 공자

　나의 책 『새번역 논어』와 『논어의 발견』이 처음 나온 것은 1999년이었다. 그해 가을, 책을 펴내기 위해 편집과 디자인 등 모든 준비가 완료되고 마지막 남은 문제가 표지였다. 출판사에서 제시한 표지 디자인은 내가 보기에도 멋지고 수준급이었다. 그러나 표지 한가운데에 위치한 공자의 얼굴이 마음에 들지 않았다. 나는 수염투성이에다 귀신처럼 주름진 공자의 얼굴이 막무가내로 싫었다. 표지 작업을 보류해 달라고 부탁하고 나는 수염이 거의 안 난 젊은 공자의 얼굴을 열심히 찾아다녔다. 국립도서관, 국회도서관 등 있을 만한 곳의 이런저런 자료를 다 뒤지고 다녔지만, '젊은 공자'는 어디에서도 발견할 수 없었다. 공자행적도에 한두 컷이 나오기는 했어도 그 얼굴은 너무나도 조그마한 데다 붓 자국 몇 개로 대충 그려져 있어서 도저히 공자의 얼굴이라고 내놓을 수 없었다.

　결국 나는 젊은 공자를 포기할 수밖에 없었다. 그 대

신 목탁木鐸이라는 춘추시대의 기물을 표지 한가운데에 배치하기로 출판사와 합의하였다. 목탁은 『논어』 제3 팔일편 24장에 나오는 것으로 옛날 관헌들이 새 정령을 반포할 때 주의를 환기시키기 위해 울리고 다녔던 요령 같은 물건이었다. 당시에 이미 목탁은 시대를 일깨우는 선각자를 상징했기 때문에 의미는 충분했다. "하늘은 장차 우리 선생님을 목탁으로 삼으실 것입니다[天將以夫子爲木鐸(천장이부자위목탁)]" 하는 어느 제자의 결연한 목소리를 생각하면 나름대로 멋진 선택이기도 했다. 그러나 저간의 사정을 잘 모르는 독자들에게 강렬한 메시지를 전달하기에는 아무래도 젊은 공자의 얼굴에 비할 바는 못 되었다.

그러면 나는 왜 늙은 공자의 얼굴을 그토록 기피하였던가? 늙은 얼굴 자체가 싫어서는 아니었다. 나는 공자의 모든 정신적 성취가 단지 70대 노인의 것으로 간주되는 작금의 현실을 내 나름대로 매우 심각하게 생각했다. 많은 젊은이가 '공자' 하면 바로 이런 전제를 깔지 않을까?

공자? 위대한 인물이지. 그러나 그는 70대 노인이었어. 파란만장한 삶의 편력을 다 거친 백전노장이었지. 나는 이제 겨우 스무 살이야. 열심히 노력한다면 언젠가 나도 그 나이가 되었을 때 비슷하게 될 수 있을지 몰라. 그러나 아직은 아니야. 그가 구현한 세계는 나에게 있어서는 까마득한 세월 후에나 해당되는 세계지.

『논어』를 읽는 대부분 청년은 무의식 속에서 스스로에게 이렇게 얘기하면서 그들의 의무를 회피하고 있지 않을까? 나는 적어도 나의 『논어』를 읽는 청년들에게만큼은 그들이 나이의 방패 뒤에 숨지 못하도록 하고 싶었다. 얼굴 그림 하나로 그런 여건을 조성하기는 어렵겠지만, 최소한 그런 문제의식만이라도 갖게 하고 싶었다. 사실 『논어』에 담긴 대부분의 지혜와 안목은 결코 70대 노인만의 것은 아니었다. 실제가 그랬다. 그의 정신이 모습을 갖추고 역사에 출현한 것이 몇 살 무렵이었는지를 말해주는 자료는 많지 않다. 그러나 그런 증거가 구태여 많아야 할 필요는 없다고 생각한다. 공자 자신이 그 문제에 대해서 너무나도 명백히 밝혔기 때문이다.

> 나는 열다섯이 되어 배움에 뜻을 두었고 서른이 되어 정립되었으며 마흔이 되어서는 현혹되지 않았다.
> 吾十有五而志于學,三十而立,四十而不惑,五十而知天命,六十而耳順,七十而從心所欲,不踰矩. 2/4
> 오십유오이지우 학삼십이립 사십이불혹 오십이지천 명 육십이이순 칠십이종심소욕 불유 구

그는 분명히 열다섯 살 때에 배움에 뜻을 두었고 서른 살 때에 섰다고 하지 않았는가? 나는 『논어』에 담긴 그의 대부분 관점이 그의 나이 서른 살 무렵에 이미 형성되어 있었을 것으로 믿어 의심치 않는다. 제자들과 대화 도중에 간간히 내비치는 자신의 성장기의 모습은 지금도 우리를 감동케 하고 있기 때문이다.

나는 일찍이 종일토록 먹지 않고 밤새도록 자지 않으면서 생각해보기도 하였으나 무익했고 배우기만 못하였다.

吾嘗終日不食,終夜不寢,以思,無益.不如學也. 15/31
오 상 종 일 불 식 종 야 불 침 이 사 무 익 불 여 학 야

　그가 말한 '일찍이嘗'가 언제였을까? 나는 그 시기가 대개 그의 10대 후반 또는 20대였을 것이라 생각한다. 그렇지 않고는 어떻게 그가 스스로 서른에 섰다고 당당히 말할 수 있었겠는가? 단지 인간과 이 세상의 숨겨진 면모를 알아보겠다는 한 가지 생각으로 온종일 먹지도 않고 자지도 않았다는 이 진술을 오늘날의 우리들, 특히 젊은이들은 어떻게 이해하고 받아들여야 할까? 이 문제를 조금이라도 진지하게 생각하고 접근해본 사람이라면 '나는 이제 갓 스물이니까, 공자야 산전수전 다 겪은 노인이니까' 하고 자신과 공자 사이에 비겁한 시간의 담을 쌓지는 못할 것이다. 내가 젊은 공자의 얼굴을 찾아 헤맨 것은 바로 그런 담쌓기에 조금이라도 자극을 주고 이 땅의 젊은 『논어』 독자들이 그런 안이한 자세로부터 벗어나는 데 계기를 주기 위한 것이었다.

　공자는 젊은 나이에 자신을 구현했고 또 젊은이들을 상대로 가르쳤다. 정확한 것은 알 수 없지만 공자학단에 입문하는 젊은이들의 연령은 대개 15~17세 정도로 요즈음으로 치면 중학교 졸업반 내지 고등학교 1, 2학년 정도

가 아니었을까 한다. 그것은 공자의 가르침이 그 연령대에서부터 필요하고 또 적용된다는 뜻이기도 하다. 심지어 공자는 남들이 너무 어려 상대조차 하려 하지 않는 아이도 만나 필요한 가르침을 베풀었던 것이다.

그렇다면 "나는 이제 겨우 스무 살인데…" 하고 말하는 오늘날의 젊은이들은 각성할 필요가 있다. 왜냐하면 그 스무 살은 공자 자신과 대비를 하든 아니면 공자가 가르쳤던 당시의 젊은이들과 대비하든 오히려 너무 늦은 나이인지도 모르겠기 때문이다.

과연 두려워할 일이 아닌가? 공자가 자신의 열다섯 살 때의 일이라고 분명히 증언한 "배움에 뜻을 두는 일志于學"이 스무 살의 나에게는 어떻게 되어 있는가? 무언가를 생각하기 위해 종일 아무것도 먹지 않고 밤새 자지도 않고 지새워본 적이 한 번이라도 있었던가? 나의 스무 살이 이미 너무 늦어버렸는지도 모른다는 사실, 삶의 진실은 이미 나를 비껴가는지도 모른다는 사실이 두렵지 않은가?

그의 가르침이 본질적으로 노성한 것이어서 노년이 되기 전에는 터득하기 어려운 것이라는 견해는 『논어』의 어느 곳에서도 보이지 않는다. 오히려 반대로 나이 40이나 50을 넘어서면 본질적인 영역에서 무언가를 이루어낸다는 것은 오히려 어렵지 않겠느냐는 암시하는 것이 눈에 띈다.

후진들을 두려워할 만하다. 어떻게 새로 등장할 자들이 지금만 못하리라고 단정할 수 있겠는가? 그러나 사십, 오십이 되어도 세상에 알려지지 않는다면 그 또한 두려워할 정도가 못된다.

子曰;後生可畏.焉知來者之不如今也?四十五十而無聞
자왈 후 생 가 외 언 지 래 자 지 불 여 금 야   사 십 오 십 이 무 문
焉,斯亦不足畏也已. 9/22
언 사 역 부 족 외 야 이

공자가 70살이 넘도록 산 것은 살다 보니 그렇게 된 것일 뿐이다. 오래 살아 자신을 좀 더 성숙시켰을 수는 있었겠지만, 그가 자신을 우리가 아는 공자라는 역사적 인물로 구현한 것은 70의 연령과는 아무런 관계가 없다고 해도 과언이 아니다.

공자의 얼굴을 구할 수 없어 할 수 없이 대체했던 목탁은 2009년 출판사가 재판을 찍을 때 무엇 때문인지 슬그머니 늙은 공자로 다시 바뀌고 말았다. 참으로 아쉬웠다. 표지는 고사하고 몇 군데 고쳐야 할 기초적 오류마저 고치지 못한 재판이었다. 그래서 그런지 그 재판에서는 지금까지도 도무지 나의 책 같은 느낌을 받지 못하고 있다.

인터넷 신문《가톨릭뉴스 지금여기》에 『논어』 관련 글을 연재하기로 하고 첫 번째 글이 연재되었다. 컴퓨터 앞에 앉아 기대를 가지고 화면을 여는 순간! 나는 또다시 노성하신 공자님이 뻐드렁니를 드러낸 채 웃는 모습과 마주쳐야 했다. 신문사가 시각 효과를 위해 그림 하나를 넣는다는 것이 또다시 저 늙은 공자상을 고른 것이었다. 공자

님! 참 집요하게도 따라다니십니다. 기왕 따라다니시려면 그 옛날 당신이 인간과 세상의 진실을 찾아 헤매시던 그 젊은 날의 매끈한 피부와 형형한 눈빛으로 나타나실 수는 없었던가요? 그리하여 저 같은 사람에게 "너는 무엇을 하느라 네 일생을 허비하였느냐? 머리는 왜 그리 희었으며 지금 그 늦은 나이에 아직도 무엇을 찾겠다고 서성거리고 있느냐?" 하고 저를 한없이 부끄럽게 해주실 수는 없었던가요?

반문의 의미

『새번역 논어』 초판 머리말

1

　인류의 긴 역사와 다양한 문명은 역시 그만큼 다양하고 많은 삶의 지혜를 제시해왔다. 그 다양함과 많음은 때때로 그것을 섭렵해보려는 우리의 의욕을 압도할 정도다. 그러나 그 지혜의 일정 부분은 단순한 대증처방이거나 방법론이 결여된 생경한 원칙의 강조로 분류될 수 있다. 또 그보다 한 차원 나은 경우라 하더라도 섬세하기는 하지만, 결국 문제점의 그늘을 벗어나지 못한 지적 조바심에 불과하거나 혹은 현실의 탁한 대기를 뚫고 신기루처럼 떠오르는 이념의 찬란함에 그치는 경우가 많다. 말을 넘어선 실제로서, 소문이 아닌 목도目睹로서, 미숙이 아닌 성숙으로서, 본질의 깊이를 관철하는 지혜는 우리 인류사에 결코 흔히 나타났던 것이 아니다.

나의 초라한 반자본주의

『논어』는 그 흔치 않은 경우의 대표적 사례로서 우리에게 주어져 있다. 『논어』는 우리를 압도해오는 저 지혜의 다양함과 많음을 그 자체의 놀랄 만한 밀도로써 오히려 압도하는 희유한 기록이다. 『논어』는 수많은 지혜가 넘어서고자 했으나 넘어서지 못한 고개를 넘어섰으며 넘어선 그곳의 이야기를 힘차고 당당하게 들려주고 있다.

그러나 이 경이로운 책의 진가眞價는 오랜 역사를 통하여 이 책에 대해 형성되어온 성가聲價와는 반드시 일치하지 않는다. 실상을 말하자면 이 책의 진가는 오히려 그 성가에 의해 가려졌다고 해도 과언이 아니다. 이 책은 지금도 여전히 많은 비밀을 지니고 있으며, 그것은 이 책의 진실이 시대의 흐름에 따라 그에 관한 이해도를 누적해 갈 수 있는 성격의 것이 아니라 각 시대에 있어서 항상 처음부터 새롭게 주목되고 발견되어야 하는 특이한 운명을 지니기 때문이다. 그 점에서 이 한 권의 번역서도 단지 하나의 번역에 그치는 것이 아니라, 『논어』의 진실을 모색하는 우리 시대의 몫의 하나라고 나는 감히 생각하는 것이다.

이 『새번역 논어』는 『논어』의 많은 부분에 걸쳐 종래와는 다른 번역을 제시했다. 그것은 이 번역서의 외형적으로 드러나는 가장 큰 특징이다. 물론 그 결과에 오류가 없다고 장담할 수는 없겠지만, 최종적으로 내어놓는 많은 개역은 오랜 반추의 시간과 스스로 설정한 가장 가혹한 반론을 거친 것들이다. 따라서 그것이 단지 1,000여 년 혹은 2,000여 년에 걸친 지배적 해석에 상치한다는 이유만으로 도외시되지는 않기를 바란다. 중요한 것은 그것이 단지 번역상에 나타난 표면적 차이를 의미하는 것이 아니라, 『논어』의 세계를 조망하는 전체적인 인식의 차이를 반영한다는 사실이다. 속성상 원문에 얽매일 수밖에 없는 번역이라는 제한된 작업에서 그러한 인식의 차이가 얼마나 폭넓게 또 의미 있게 작용할 것인가 하는 의문은 정당한 것이다. 그것이 가능하다는 것은 번역이 다름 아닌 『논어』를 대상으로 한다는 데 있다. 『논어』는 단지 번역만에서도 그러한 인식의 근본적 차이를 가능케 할 만큼 그 자체가 광대한 폭을 지니고 있다. 과거와는 다른 그 인식의 차이는 『논어의 발견』에서 집중적으로 다루어질 것이다.

2

『새번역 논어』에서의 번역과 편집은 다음과 같은 몇 가지 방침에 따라 수행되었다.

첫째, 모든 『논어』 단편은 기왕의 분장分章 관례를 답습하지 않고 엄격한 재검토 과정을 거쳐 새롭게 분장되었다. 애초 나는 장의 구분만큼은 어느 정도 확립된 관례가 있으면 그에 따르려 했고 구태여 독자적인 시도를 원하지 않았다. 그러나 번역을 하는 과정에서 장의 구분은 점점 심각한 과제로 다가왔고, 결국 이 문제를 근본적으로 다

나의 초라한 반자본주의

루지 않고는 완벽한 『논어』 번역도 가능하지 않다는 결론에 이르렀다. 그 구체적인 내용과 분장의 논리는 『논어의 발견』에 하나의 단원으로 편입되어 있다.

둘째, 한문 원문을 제시하여 가급적 원문에의 접근을 돕되 원문에는 구두점만 달고 '하니', '하니라', '이면', '이리오' 같은 토를 달지 않았다. 많은 경우 이러한 구투의 토가 오히려 독자로 하여금 말투의 권위에 사로잡히게 함으로써 원문의 정확한 뜻에 접근하는 것을 가로막을 뿐 아니라 더러는 번역자의 잘못된 해석적 입장을 원문에까지 소급하는 역할을 하기 때문이다. 엄밀하게 말하면 구두점도 같은 위험을 안고 있지만 구두점마저 없을 경우 원문에의 접근을 너무 어렵게 할 수도 있다는 점을 고려하여 구두점만은 표기키로 하였다.

셋째, 과거의 지배적인 해석과 견해를 달리하는 경우에는 '종래의 해석'을 소개해 독자로 하여금 객관적으로 판단할 수 있도록 하였다. 그런 경우에는 대부분 역자의 해석적 입장이 함께 개진되어 있으니 참고할 수 있을 것이다.

넷째, 주석은 어려운 한자나 문구에 대한 뜻풀이와 본문을 이해하는 데 필수적인 부가적 정보의 제공, 해석적 입장의 제시 등 본문 이해에 도움이 되는 범위 안에서 전개하였다. 경우에 따라 전혀 주석이 붙어 있지 않은 단편도 있고 긴 주석이 붙어 있는 단편도 있으나 이는 어디까지나 주석상의 필요성에 의한 것으로서 그 단편의 중요도

와는 아무런 상관이 없다.

다섯째, 이 번역서에서 나는 원칙적으로 참고 주석 이외에『논어』단편을 보다 쉽게 풀이하기 위한 강설講說을 자제하였다. 이른바 강설이니 상론詳論이니 해의解義니 하는 이름으로 소개되는 각종 해설은『논어』단편의 의미를 보다 근접하게 이해시키겠다는 순수한 취지에도 불구하고 대부분 그 취지를 살리지 못하고 있다. 그것은 해설자의 탓이라기보다는『논어』그 자체의 성격 탓이다.『논어』는 그 자체가 그 자체에 대한 최선의 해설이기도 한 방식으로 쓰여졌다. 만약『논어』가 그 생명력을 잃지 않고도 더 손쉽게 접근할 수 있는 해설을 가질 수 있다고 한다면, 이미 공자 자신이 그 방법을 택했을 것이다. 시구詩句와도 같은『논어』단편의 섬세한 생명력을 고려할 때 독자의 최후의 독법은 역시 본문을 독자 스스로의 눈으로 보고, 이해하고, 느끼는 것이라 생각한다. 다만 본문만으로는 오해될 소지가 있거나 그 의미를 놓치기 쉬운 경우 등에는 다소의 해설을 피하지 않았다.

여섯째, 번역은 원문의 도움 없이 그 자체만으로 완전한 '한글『논어』'가 될 수 있도록 고려하였다. 번역문은 그 내용에 있어서도 공자의 진의에 근접해야 하겠지만, 한글 문장으로서도 아름다움과 기품 그리고 정확성을 갖추어야 한다고 생각했다. 그러나 결과는 그러한 목표를 달성하는 것이 얼마나 어려운지 확인해주었을 뿐이다. 적지 않은 한자 용어는 정확한 우리말을 아예 갖지 못하고 있

나의 초라한 반자본주의

다. 이를테면 정政이나 경敬 따위가 그렇다. 정政을 정치로 번역하든 정사로 번역하든 불만족스럽기는 마찬가지다. 경敬도 공경으로 번역하든 경건으로 번역하든 그 어떤 우리말로도 흡족하게 담아낼 수 없다. 따라서 최선을 다한다고 했지만, 적지 않은 직역이 전달상의 미진함을 불만족스럽게 안고 있고 역시 적지 않은 의역이 원문의 간결함에서 수다스럽게 멀어져버렸다. 다만 마지막 손질하면서『선조명찬언해본宣祖命撰諺解本』과 대조 검토를 한 것은 불필요한 의역을 자제하고 문장을 간결히 하는 데 그나마 큰 도움이 되었다고 생각한다.

일곱째, 가급적 한자어보다는 한글을 많이 쓰고자 하였다. 나는 한문 교육이 좀 더 강화되어야 한다고 생각하는 한글전용론자로서『논어』의 가장 중요한 개념 중의 하나인 인仁을 '어질다' 혹은 '어짊'으로 새기는 데 주저하지 않았다. 거기에는 단지 한글 애용의 의미만 있는 것이 아니라 인仁의 개념 범위가 우리말의 '어질다'의 개념 범위와 대부분 겹쳐졌다는 나의 해석적 입장이 포함되어 있다. 다만 '어짊'은 조어造語에 가까운 것이 사실인데, 이로 인하여 독서 과정에서 느껴지는 생경함은 당분간 감내하여 줄 것을 당부하고 싶다. 나는 그 생경함이 인仁을 '인'으로 번역하는 생경함보다 반드시 더 크지는 않을 것이라 생각한다. '어질다'는 용어를 우리 시대에 되살려내지 않는다면, 이 고급스러운 용어도 지난날의 다른 수많은 고급 우리말과 마찬가지로 조만간 사어 사전의 한 귀퉁이를 차지하고 말 것이기 때문이다.

3

　『논어』를 번역하면서 나는 종종 시스티나 성당의 천
장에 매달려 미켈란젤로의 성화를 복원했다는 어느 사나
이의 심정을 떠올리곤 했다. 오랜 세월의 때를 그의 조심
스러운 손길이 벗겨냈을 때, 그리고 그 속에 숨어 있던 15
세기 적 미켈란젤로의 안광眼光과 숨결을 처음 대했을 때
모르기는 하지만 그는 창작에 버금가는 기쁨을 느꼈을 것
이다. 하나의 단편에서 오랫동안 숨겨져왔던 『논어』의 진
정한 면모를 발견했다는 확신이 드는 날은 나는 흥분된
마음에 잠시 일손을 놓지 않으면 안 되곤 했다. 그리고 참
으로 무수히 이 발견이 모든 정열이 흔히 빚어내곤 한다
는 저 착시인지 아니면, 2,500여 년을 격한, 한 세계와의
진정한 교감인지를 반문하지 않을 수 없었다. 이 책의 출
간에는 이 여전한 반문의 의미가 포함되어 있다.

진리됨에 대한 보증

『논어의 발견』 초판 머리말

1

일찍이 다산 정약용茶山 丁若鏞은 그의 명저 『논어고금 주論語古今注』를 집필하면서 『논어』에 대한 새로운 발견의 감회를 그의 형 약전若銓에게 이렇게 피력하였다.

지금 『논어』를 연구하지 않는 사람들은 사서四書의 밭 에는 남은 볏단이라고는 결코 없다고 말합니다. 굉보紘 父가 과거공부에서 돌아와 발분하여 경학과 예학에 몸 을 바치고 있는지라 그의 어려움을 도와주고자 부득불 안경을 끼고 임하지 않을 수 없게 되었는데 그러고 보 니 여기에도 남은 벼포기가 있고 저기에도 떨어진 이 삭이 있으며 여기에도 거두어들이지 않은 볏단이 있고 저기에도 추수하지 않은 늦벼가 있어 전도낭자한 것이

수습할 수 없을 정도입니다. 흡사 어렸을 적에 새벽에 밤나무 동산에 가서 홀연히 붉은 밤알이 난만히 땅에 흩어져 있는 것을 만나 그것을 다 줍기가 벅찼던 것과 같으니 이를 장차 어찌하면 좋단 말입니까?

다산의 이러한 발언은 『논어』가 2,000년 이상 인류에게 공개된 문헌으로 널리 읽혀왔음에도 여전히 새롭게 발견될 여지가 많다는 뜻이다. 수많은 사람이 읽고 또 읽은, 방대하지도 않고 난해하지도 않은 한 문헌에 대하여 그렇게 말하는 것은 기이한 느낌마저 든다. 벼포기보다 많은 손길이 지나간 들판에 여전히 추수할 것이 남아 있다니 어찌 기이하지 않겠는가?

그러나 『논어』는 다르다. 『논어』는 미숙한 내용을 화려한 문사로 포장한 여느 전적과는 달리 짧고 간결한 글귀들이지만 그 안에는 실로 위대한 체험과 예지를 담고 있다. 적지 않은 글귀들은 마치 그것이 안고 있는 내용을 다 이기지 못하겠다는 듯 겨운 팽압을 띠고 있다. 어느 글귀를 통하여 뛰어들든 우리는 위대한 체험으로 뒤덮인 드넓은 경작지를 만나게 된다. 따라서 그 세계의 고유한 사정에 인식이 미치지 못하는 경우, 『논어』는 다산의 말처럼 실로 수습되지 못한 많은 벼포기와 이삭과 볏단을 남기게 되는 것이다.

『논어의 발견』은 바로 그 벌판에 뛰어들어 그 속에 전개된 위대한 체험의 산물들을 비록 관견管見의 형태로나

나의 초라한 반자본주의

마 시야에 담아보려는 의도에서 수행되었다. 좁게는 그 발견은『논어』단편의 해석 문제에서 출발하지만 넓게는 공자가 발견한 삶의 실천적 원리, 인류사에서 드물게만 선포되었던 그 경이로운 길道을 지향하고 있다. 그것은 물론『논어』에 대한 깊은 신뢰에 기초해 있다. 그 신뢰의 근거를 제시하는 것은 어려운 일이다. 그러나 모든 진정한 진리와 마찬가지로『논어』의 진리에 대한 인식에는 그것의 진리됨에 대한 보증이 함께 깃들어 있다고 생각한다. 『논어』에 관한 한 이 점은 운명적인 것처럼 느껴진다. 그것이『논어』를 무력하게 하는 것일 수도 있지만, 동시에 그것은『논어』를 더없이 의연하고 힘차게 하는 것일 수도 있다고 본다.

2

『논어의 발견』은 6개의 편으로 구성되어 있는데 제1편에서 제6편에 이르는 편집 순서는 집필 순서와 거의 일치한다.

　제1편은 공자의 제자들에 대한 인간적 탐색이다. 그들은 공자의 소재를 알려주는 이정표와도 같은 존재로서 그들에 대한 이해에는 공자에 대한 반사적 이해가 포함되어 있는데, 그것은 공자에 대한 직접적인 이해를 틀 잡아주는 매우 중요한 요소가 된다. 특히 자공, 자로, 안

연을 다룬 3대 제자론은 제자론의 형태가 아니면 접근하기 어려운 『논어』 세계의 극히 섬세한 측면을 다루고 있어 제2편의 사상론을 보조 내지 선도하는 특별한 성격을 갖고 있다.

제2편은 『논어』의 사상세계를 다양한 각도에서 조명해본 것이다. 여기서는 무엇보다 『논어』 단편에 포함된 공자의 사상체계를 포착하려고 노력하였다. 공자의 목적이 어떤 사상체계를 구축하는 데 있었던 것은 분명히 아니다. 그럼에도 공자의 사상은 불가피하게 체계적 측면을 지니는데, 종래의 『논어』 이해는 대부분 그 점을 간과해왔다. 체계는 비록 그 자체를 목표로 하지는 않지만, 위대한 정신의 자기 정립에 있어서 결여될 수 없는 요소라는 점을 차제에 확실히 해 두고 싶었다.

제3편은 『새번역 논어』의 해석에서 종래의 해석과 현저히 달라진 부분을 중심으로 그 논리를 전개한 것이다. 『논어』 단편에 대한 달라진 해석적 입장은 비단 제3편에서만 전개된 것이 아니라 제1, 2편에서도 수시로 전개되고 있다. 다만 제3편에서는 해석상의 차이를 통하여 거기에 어떠한 근본적 인식의 차이, 사유체계의 차이가 있는지를 함께 보여줄 것이다.

제4편은 공자의 생애와 관련된 기록을 비판적으로 재구성한 것이다. 공자의 생애에 대한 관심은 그동안 많은 공자전을 출현시켰지만, 대부분은 신빙성이 떨어지는 『사기』 공자세가를 중심으로 『공자가어』, 『공총자』 등의 의심

나의 초라한 반자본주의

스럽고 때로는 황당하기조차한 전승을 적당히 가미해 엮어냈다. 이러한 공자전은 공자의 진실에 접근하려는 의도보다는 전기로서 외양을 갖추기에 급급했다고 본다. 따라서 제4편은 공자의 생애에 대한 이러한 오도된 관심을 바로잡고 우리가 그의 생애에 관해 기록을 남기고 있는 온갖 자료들을 어떻게 평가하여 취사선택할 것이냐 하는 새로운 과제로 인도할 것이다.

제5편 『논어』의 문헌학에서 다루는 4개 과제는 『논어』를 전문적으로 연구하는 학자나 일반적인 독자 모두에게 흥미롭고 유익한 과제가 될 수 있다고 생각한다. 첫 번째로 다루는 장의 구분 문제는 이 문제를 둘러싼 그간의 논란을 통일하고자 하는 뜻에서 채택되었다. 나는 이 글에서 왜 어떤 단편은 분리되어야 하고, 왜 어떤 단편은 합쳐져야 하는지 구체적인 이유와 기준을 제시하였다.

『논어』 단편의 신뢰성 문제를 다루는 두 번째 과제도 『논어』에 대한 이해의 중요한 부분을 구성하는 것이다. 다시 공자의 시대로 돌아갈 수 없는 한 이 문제도 완벽한 결론에 이르기는 어렵겠지만, 적지 않은 단편을 둘러싼 진위의 판단은 전국시대의 왜곡된 관점에 의하여 혼란스러워진 공자상을 선명히 하는 데 도움을 줄 수 있다.

『논어』의 성립 과정을 추적하는 세 번째 과제는 미스터리와 억측에 머물러 있던 과제라 할 수 있다. 따라서 어느 정도 실마리를 잡고 추적된 경우라 하더라도 가설적 성격을 완전히 넘어서기는 어려울 것이다. 그러나 이 부분은 초기 교단과 『논어』가 기록될 당시의 조건을 되짚어 보는 것이기 때문에 『논어』 이해의 기초로서 꼭 필요한 부분이라 여겨진다. 이 부분에 관해서는 앞으로 더욱 진전된 연구가 나올 수 있기를 기대한다.

네 번째 『논어』 해석의 역사는 공안국 이래 모든 『논어』 해석 내지 『논어』 이해가 그어 온 궤적을 소략하게나마 살펴본 것이다. 필자의 제한된 견문 탓에 이에 관한 접근도 기대의 반분에 미치지 못하고 있다. 부족한 것이기는 하지만 이러한 노력은 오늘날 우리에게 전해지는 『논어』 이해가 어떤 역사적 조건에 기초한 것인지를 좀 더 분명히 해줄 것이다.

마지막으로 제6편은 이 시대에 『논어』가 처한 환경을 다시 한번 되돌아보고 이 시대에 과연 『논어』가 무엇이며 무엇을 할 수 있을 것인가 하는 누구나 제기해봄 직한 물음의 의미를 천착해본 것이다. 『논어』의 여전한 생명력을 확인하는 것으로 맺어진 이 논술은 그러나 아직은 답이 아닌 물음의 형태로 더 오랫동안 지속되는 것이 불가피해 보인다.

3

기묘한 것은 『논어』는 만인이 공관共觀할 수 있는 객관

나의 초라한 반자본주의

적 실체가 아니라 보는 사람이 오직 자신의 크기만큼을 거기에서 보는 일종의 거울과 같은 책이라는 사실이다. 이 점이 내가『논어』에 관해 책을 쓴다는 것을 짐짓 망설이게 했다. 결국 나는『논어』를 말하면서『논어』의 진정한 모습을 보여주는 것이 아니라 필시 나 자신의 제한된 모습을 보여주고 말 것이라는 생각이 이 글을 쓰는 동안에도 종내 떠나지 않았다. 그러나 책을 써야 한다는 유혹은 망설임에 비례하여 나의 마음을 끊임없이 사로잡았다. 그 유혹에는 나를 움직이는 나 이상의 어떤 힘이 있는 것 같았고, 그런 힘은 모든 사람의 마음에도 선험적으로 자리잡으면서『논어』와 같은 강한 울림 앞에서 말없이 공명하는 힘이기도 하다는 생각을 하면서 나는 다시금 용기를 얻곤 했다.

어쨌든 이 책의 출간을 앞둔 지금 나는『논어의 발견』을 쓰면서 나의 마음에서 만져지던 저 알 수 없는 '작고 단단한 조약돌'을 이 세상의 수면에 던져보는 느낌을 갖는다. 더러는 승화되지 못한 발견의 기쁨이『논어』가 지닌 더 크고 엄숙한 감화를 가리고 있기도 할 것이다. 그러나 생각하면 이 책은 어차피『논어』에 관한 한, 그리고 우리가 다다라야 할 보편적 진리에 관한 한 하나의 징검다리라고 생각한다. 징검다리는 스스로를 디딜 발걸음을 간절히 기다리지만 그 발걸음에 대하여 결코 자기자신을 목적으로 하지는 않는다. 멀고 먼『논어』의 길, 한 치의 거짓도 한순간의 방심도 허용하지 않는 그 길에서 아직은 인

습의 힘을 떨치지 못한 이 책이 아주 초보적인 징검다리
의 역할이라도 제대로 할 수만 있다면 나는 더 이상 바랄
것이 없다.

공자와 예수, 너무나도 닮은 그들

지금까지 살아오면서 내가 지속적으로 주목해온 역사의 인물이 둘 있었다. 그것은 바로 공자와 예수였다. 또 관념에서가 아니라 삶 속에서 일정 수위 이상의 무언가를 보여준 책이 있다면 바로 『논어』와 『신약성서』였다. 물론 나의 주관적 차원에서 말하는 주관적인 얘기일 뿐이다. 다만 그것에 대해 그 두 인물과 책은 이미 역사적으로 정평이 난 인물이고 책이니까 그 정평에 따르는 것이 무슨 대수로운 이야기냐 한다면 사정은 좀 달라진다. 물론 나라고 하여 그런 정평에서 자유로운 위치에 있었던 것은 아니다. 그럼에도 그런 말을 하는 것은 결코 그런 정평에 좌우되어서가 아니라 내 나름의 세월 속에서 많은 책과 인물들을 만나고 탐색한 결과라는 것, 말하자면 내 나름대로 갈구하고 헤매고 더듬어온 결과, 그런 결론에 이르렀음을 언급해두고 싶다.

나는 이미 15년 전에 펴낸 책 『논어의 발견』에서 내가 『논어』를 새롭게 읽고 해석하는 데 "『맹자』나 『중용』은 마태복음만큼도 참고되지 않았다"는 말을 스쳐 지나가는 말처럼 한 적이 있었다.[*] 그것이 그 책에 나온 유일한 그리스도교 관련 언급이었던 것으로 기억한다. 그 이외에 나는 그 방대한 저서의 어느 곳에서도 두 인물과 두 책과 관련된 개념을 비교하거나 공통점, 유사점 등을 언급하지 않았다. 그것은 그런 이야기가 대개 현학적이거나 표면적인 관심이기를 넘어서지 못했음을 잘 알았고, 그런 어설픈 비교학을 누구보다 싫어했기 때문이다. 그 기본 입장은 지금도 마찬가지다. 그러나 지금은 그것을 무슨 넘어설 수 없는 금제처럼 생각하지는 않는다. 원래 비교는 매우 중요한 인식의 한 항목이기 때문이다. 경박한 수준만 아니라면 어떤 부분에 걸쳐서는 인식을 도와줄 수도 있다는 것이 지금의 생각이다. 그런 차원에서 조심스럽게 나의 경험 한 자락을 이야기하고자 한다.

수년 전 나는 생전 처음으로 성서를 통독해본 적이 있었다. 필요한 곳만 부분적으로 읽다가 성서를 한 번도 통독하지 않았다는 것이 부끄럽게 생각되어 창세기부터 요한계시록까지 내리읽어볼 생각을 하게 되었다. 마치 29살 때 동양사람이면서 『논어』 한번 통독하지 않았다는 것이 부끄럽게 여겨져 처음으로 『논어』를 읽었던 것과 유사한 접근 이유였다. 독서가 느려 다 읽는 데 몇 개월이 걸렸던 것 같다. 솔로몬이 다윗의 아들이라는 것도 그때 처음으로 알았다. 그런 개별적 사실보다 훨씬 강력하고 또 지금

---

[*] 『논어의 발견』 III-1. 『논어』 읽기에 관한 역사적 제약.

도 뚜렷한 기억으로 남아 있는 것이 있다. 그것은 구약을 다 읽고 신약으로 넘어가던 때의 강한 인상이다. 신약은 이미 젊은 시절부터 숱하게 읽어 전혀 새로운 것이 아니었음에도 구약의 세계를 떠나 신약의 세계로 접어드는 것은 완전히 새 세계로의 진입처럼 느껴졌다. 마치 오랜 기간에 걸쳐 황야와 산, 사막 등만 걷다가 어느 날 어느 산 등성이 위에 올라서는 순간, 눈앞에 끝없이 펼쳐진 망망대해를 보는 것처럼 그것은 완전히 다른 세계였다. 말하자면 나는 옛 언약의 세계를 넘어 새 언약이 얼마나 다른지를 여실히 체험했다.

그 체험이 워낙 강렬하고 생생하여 나는 과연 어디에서 육지와 바다의 차이가 생기고 있는지를 생각해보았다. 그것은 멀리서 찾을 것이 없었다. 예수가 스스로 그것을 밝혔기 때문이다. 그것은 다른 무엇보다 죄sin와 그 대척점에 있는 의인義認, justification에 대한 이해의 차이에서 비롯되었다. 율법주의자들과 바리새인들을 비난하고 오히려 세리들과 죄인들을 가까이했던 예수는 죄와 의인에 걸쳐서 완전히 다른 이해를 가지고 있었다. 전통적인 죄와 의인에 비한다면 예수의 이해는 시쳇말로 엄청난 반전反轉이었다. 사랑과 용서가 그 반전의 또 다른 측면이기도 했다. 그 반전된 세계가 내게는 저 산등성이에서 바라본 망망대해처럼 느껴졌던 것이다. 이를테면 바리새인과 세리를 두고 예수가 적용한 의인의 논리는 전형적인 것이었다.

두 사람이 기도하려고 성전으로 올라갔는데, 하나는 바리새인이고 다른 하나는 세리였다. 바리새인은 서서 자신에 대하여 이렇게 기도하였다. "하나님, 제가 다른 사람들처럼 착취하는 자나 불의한 자나 간음하는 자가 아니고 이 세리와도 같지 않은 것을 주께 감사드립니다. 저는 일주일에 두 번씩 금식하고 제가 얻은 모든 것들의 십일조를 드립니다." 그러나 세리는 멀리 서서 감히 하늘을 향해 고개를 들지도 못하고 다만 자기 가슴을 치며 말하기를 "하나님, 죄인인 저를 불쌍히 여기소서"라고 하였다. 내가 너희에게 말하니, 저 바리새인보다 이 세리가 의롭다는 인정을 받고 자기 집으로 내려갔다. 자신을 높이는 자마다 낮아지고 자신을 낮추는 자는 높아질 것이다.(누가복음 18장)

얼핏 보기에 별것 아닌 것 같은 이 역설은 인류의 역사를 뒤집어놓았다. 1,500년 후 이 역설을 잊고 그리스도교가 타락에 접어들었을 때 마르틴 루터가 환기했던 논리, "사람은 선행에 의해서가 아니라 믿음에 의하여 의롭게 된다"는 논리도 바로 예수가 세리의 비유로 보여주었던 이 역설의 재현이었을 뿐이었다.

문제는 내가 『논어』를 읽고 또 『논어』에서 나름대로 숨겨졌던 새로운 세계를 '발견'했다고 생각했을 때, 그 『논어』의 세계가 적어도 내게는 신약성서의 세계와 너무

나의 초라한 반자본주의

나도 친근하게 여겨졌다는 것이다. 친근하다는 말이 어떻게 들릴는지 모르겠지만 한마디로 공자가 우禹임금에 대해 느꼈다고 했던 거리감 없음, 즉 무간연無間然의 느낌을 나는 느꼈다. 당시 나는 『논어』의 세계와 맹자의 세계 사이에서 별 공통점을 느끼지 못했다. 문화적으로 물줄기가 같고 『논어』의 세계가 가지고 있는 기초적인 몇 가지 기반을 맹자의 세계가 공유했고, 심지어 맹자 자신이 공자를 생민生民 이래의 유일한 성인으로 선포했음에도 결정적인 영역에 걸쳐서는 나는 오히려 뚜렷한 이질감을 느꼈던 것이다. 그 이질감을 나는 『논어』와 신약성서 사이에서는 느끼지 못하였다. 그리고 그것이 바로 15년 전 『논어의 발견』에서 "『맹자』나 『중용』은 마태복음만큼도 참고되지 않았다"고 쓰게 된 실제 이유였던 것이다.

그렇다면 왜 구약의 세계와 신약의 세계 사이에서 느꼈던 육지와 바다만큼의 현격한 차이를 서로 물줄기가 다른 두 세계, 『논어』와 신약 사이에서는 느끼지 못했던 것일까? 아니 오히려 왜 나에게는 두 세계가 마치 한 울타리 안에서 오래전부터 함께 있었던 듯 친근한 사이로 느껴졌던 것일까? 나는 바로 그것이 예수가 죄와 의인에 걸쳐 보여주었던 저 역설에 기인한 것이라고 생각한다. 공자가 『논어』를 통해 보여준 것이 바로 그런 역설이었기 때문이다. 물론 『논어』의 세계에는 죄라는 개념 자체가 없다. 그러니 의인의 개념인들 있을 리 없다. 그러나 매우 높은 수준의 무지無知의 개념이 있었고, 또 죄와 그 구조에서 유사한, 잘못過이라는 개념이 있었다. 또 동서양이 공통적으로 안고 있었던 악의 개념이 있었다.

무지, 잘못, 악 등에 걸쳐 보여준 공자의 이해 안에 바로 그 역설이 포함되어 있다. 천국이 겨자씨가 되고 겨자씨가 천국이 되는 반전이 예수에게만이 아니라 공자에게도 있었다. 그 반전은 주자도 거의 눈치채지 못했던 것이다. 나는 이미 여러 차례 무지, 잘못, 악 등에 걸친 공자의 이해가 어떤 것인지를 밝혔기 때문에 이 자리에서 거듭하여 그것을 설명하지는 않으려 한다. 이해를 돕기 위해 그동안 발표한 글 중에서 일부를 소개하면 다음과 같다.

무지를 극복하는 공자의 비방秘方은 우리가 상식적으로 가정할 수 있는 '많이 아는 것'이 아니었다. 왜냐하면 인간은 아무리 많이 알아도 무지의 영역은 끝없이 넓어서 그 극히 작은 일부분을 정복하기도 어렵기 때문이다. …… 자신의 지적 상태에 정직하고 솔직할 때에만 무지는 비로소 제 모습을 드러내면서 인간의 판단에 역설적으로 참여하고 그런 역설적 양상을 통해 무지를 넘어서는 것이다. 무지가 여전히 무지 가운데에 있으면서 정직과 성실과 끝없는 배움의 자세에 의거하여 드디어 무지를 넘어서는 역설, 그것을 공자는 앎이라 불렀다.(불이과不貳過)

나의 초라한 반자본주의

그는 무지를 극복하기 위하여 전지全知를 요구하지 않았고 과오를 넘어서기 위하여 무오無誤를 요구하지도 않았다. 또 이 세상의 악을 몰아내기 위하여 벌선伐善을 지지하지도 않았다. 그는 오히려 그런 발상들이 이 세상을 맹목적 어리석음으로, 또 끝없는 갈등이나 점증하는 악의 제국으로 만들어갈 것을 우려하였다.

그는 단지 무지도 과오도 악도 인간의 운명으로 수용한 다음, "그럼에도 불구하고" 자신에 대한 무한 정직과 이 세상에 대한 사랑을 통해 무지에서 해방되고 과오를 벗어나고 악을 넘어서는 기적과도 같은 길을 역설적으로 제시하였던 것이다.(불이과不貳過)

예수의 논리와 공자의 논리가 동일하게 견지하는 역설의 지점이 시야에 들어오는가? 예수는 깨끗하게 살아온 것을 자부하던 바리사이 대신 차마 고개도 들지 못하고 있던 죄 많은 세리에게서 의로움을 보았다. 공자는 앎의 실체를 더 많은 앎에서가 아니라 모른다는 사실을 인정하는 것에서 찾았다. 잘못을 넘어서는 것에 있어서도 그는 마찬가지 논리였다. 심지어 선의 실질도 구악舊惡, 즉 불선이 갖는 겸허한 자인에서 구했을 뿐이었다.

두 사람의 이 기막힌 역설은 오직 무한 정직의 궤도에서만 가시화되는 듯하다. 그들 간의 전율할 유사성이 오롯이 드러나는 것도 어쩌면 같은 지점일 것이다.

나의 초라한 반자본주의

초판 1쇄 인쇄 2021.01.12
초판 1쇄 발행 2021.01.25

지은이 이수태
펴낸이 김선식

경영총괄 김은영
편집주간 김지환
디자인 choi design studio
마케팅본부장 이주화
채널마케팅팀 최혜령, 권장규, 이고은, 박태준, 박지수, 기명리
미디어홍보팀 정명찬, 최두영, 허지호, 김은지, 박재연, 임유나, 배한진
저작권팀 한승빈, 김재원
경영관리본부 허대우, 하미선, 박상민, 김형준, 윤이경, 권송이, 이소희, 김재경,
          최완규, 이우철

펴낸곳 다산북스 출판등록 2005년 12월 23일 제313-2005-00277호
주소 서울시 마포구 양화로 67 나동 302호
전화 070-4150-5186
홈페이지 www.dasanbooks.com
이메일 samusa@samusa.kr
종이 · 인쇄 · 제본 · 후가공 ㈜갑우문화사

ISBN 979-11-306-3453-1 03810